Das silberne Horn

Trilogie »Das silberne Horn«
Band 1: Schatten über Quellenland
Band 2: Rätsel um den Adlerstein
Band 3: Gefahr am schwarzen See

Cherith Baldry
wurde in Lancaster geboren und wuchs auch dort auf, nicht weit entfernt vom Lake District, der den Hintergrund für die Trilogie »Das silberne Horn« bildet. Etwa 20 Kinderbücher und etliche Kurzgeschichten für Erwachsene hat Cherith Baldry bereits veröffentlicht. Sie selbst liest am liebsten Fantasy- und Sciencefiction-Bücher und interessiert sich besonders für Erzählungen um König Arthur.
Die Autorin lebt heute in Surrey und hat zwei erwachsene Söhne.

Cherith Baldry

Rätsel um den Adlerstein

Aus dem Englischen
von Ursula Höfker

Mit Illustrationen
von David Wyatt

Arena

Für Lucy und Sam

Titel der Originalausgabe: »Eaglesmount – The Emerald Throne«

erschienen bei Macmillan Children's Books, London, 2001

In neuer Rechtschreibung

1. Auflage 2003
Für die deutsche Ausgabe:

Aus dem Englischen von Ursula Höfker
Umschlag- und Innenillustrationen: David Wyatt
Gesamtherstellung: Westermann Druck Zwickau GmbH
ISBN 3-401-05517-8

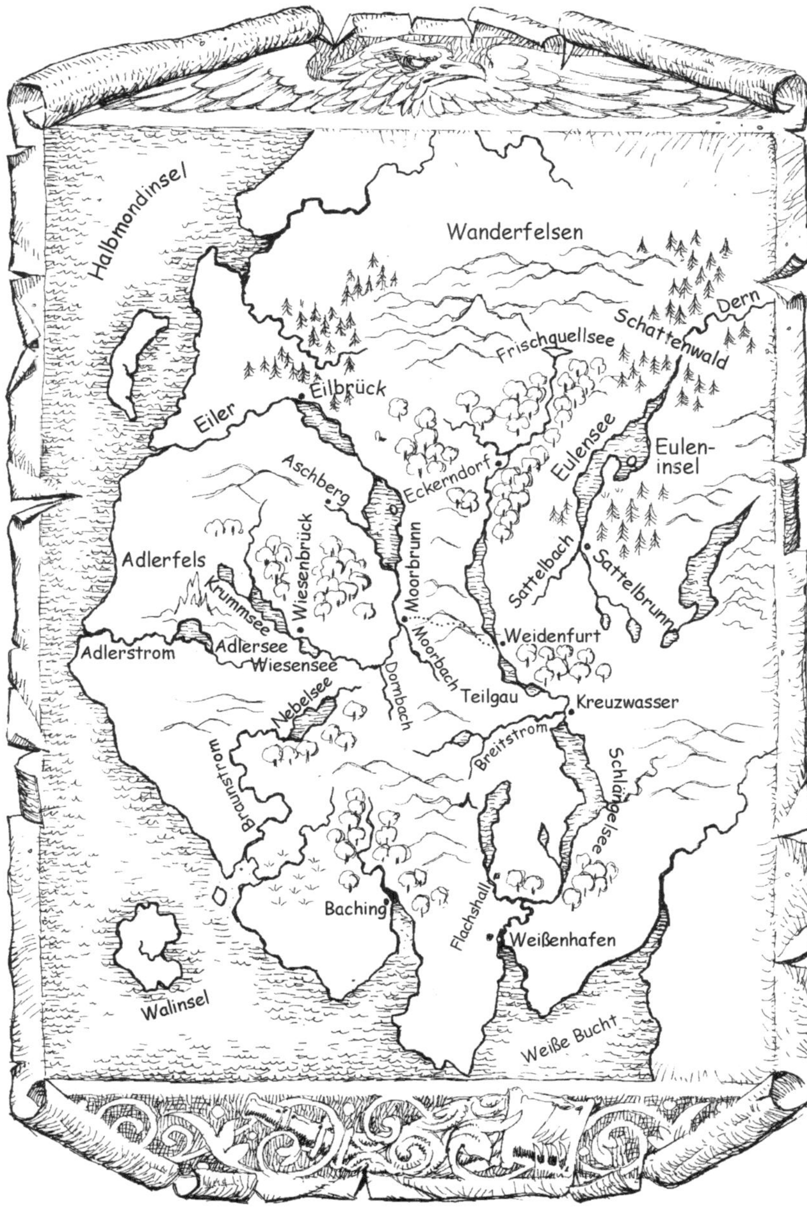
Halbmondinsel
Wanderfelsen
Dern
Schattenwald
Frischquellsee
Eilbrück
Eiler
Eulen-
insel
Eulensee
Eckerndorf
Aschberg
Moorbrunn
Wiesenbrück
Adlerfels
Krummsee
Sattelbach
Sattelbrunn
Weidenfurt
Adlerstrom
Adlersee
Wiesensee
Moorbach
Dornbach
Teilgau
Kreuzwasser
Nebelsee
Breitstrom
Braunstrom
Schlängelsee
Baching
Flachshall
Weißenhafen
Walinsel
Weiße Bucht

PROLOG

Der Kampf mit dem Drachen setzte der Herrschaft der Adlerkönige ein Ende; das Quellenland hatte keinen Herrscher mehr. Die Falken, vordem Verwalter des Königreiches, versuchten im Namen der Adler für Ordnung zu sorgen, doch sie waren zu wenige, um das gesamte Königreich zu überschauen.

Der Rauch des Feuers, in dem der Drache gestorben war, stand am Himmel und verdeckte die Sonne. Es kam zu einer Missernte in diesem und im darauf folgenden Jahr, und Lebensmittel wurden knapp. Einige Tiere kämpften in ihren Dörfern ums Überleben, andere bildeten Banden, zogen durchs Land und nahmen sich zu essen, wo immer sie konnten. Krankheiten breiteten sich aus, als die hungernden Tiere immer schwächer wurden. In einigen Dörfern starben alle. In anderen waren nur noch so wenige Tiere übrig, dass sie ihre Häuser verlassen und in anderen Dörfern Schutz suchen mussten. Viele Dörfer, die damals aufgegeben wurden, wie zum Beispiel Dornmühl und Eilbrück sind Geisterdörfer bis zum heutigen Tag.

In den Dörfern, die weiterbestanden, überlebten die Tiere, weil sie sich unter einem starken Anführer verteidigten. Damit begann der Brauch, der im Quellenland heute noch herrscht, dass für jedes Dorf ein Dorfältester gewählt wird, der die Geschicke lenkt.

Die Zeit verging, das Land erholte sich, und die Ernten waren wieder gut. Einige Tiere hofften immer noch auf die Rückkehr der Adler, doch die meisten fanden sich damit ab, dass die Zeit der Großkönige vorbei war. Irgendwann waren die Adler vergessen oder wurden zu Legenden, die man sich im Winter am Feuer erzählte.

Gurman, *Die Geschichte des Quellenlandes*, Kap. 15

1. Kapitel

Edelor stand am Landungssteg gleich hinter dem Dorf Kreuzwasser. Er war ein junger, kräftiger Marder mit glänzendem braunem Fell und strahlend braunen Augen. Er trug ein weißes Leinenhemd, das er in seine schwarze Kniehose gesteckt hatte, und darüber eine ärmellose Weste.
Vor ihm kräuselte sich das Wasser des Nordsüdstroms, jenem großen Fluss, der im Frischquellsee im Norden entspringt und durch das ganze Quellenland fließt, bis er im Süden ins Meer mündet. Es war ein warmer, sonniger Tag, und auf der anderen Seite des Flusses reifte bereits das Getreide auf den Feldern.
Am Ende des Landungsstegs luden einige Eichhörnchen einen Stapel Kisten in drei flache Boote. Es waren die letzten Händler, die Kreuzwasser nach dem Mittsommermarkt verließen, und Edelor war erleichtert, dass er diese Verantwortung erst einmal los war. Als frisch gewählter Wachtmeister von Kreuzwasser war er sehr darauf bedacht gewesen, dass während des Jahrmarkts keine Streitereien ausbrachen, und es war auch alles glatt gelaufen.

»Edelor! Edelor!«

Edelor drehte sich um und lächelte, als er seinen kleinen Bruder Kuffi den Pfad, der zum Dorf führte, herunterhüpfen sah. Riska, seine Mutter, und seine Schwester Mirra folgten etwas langsamer. Die beiden trugen dicke Rucksäcke auf den Schultern.

Edelor nahm Kuffi mit Schwung auf den Arm. »Ihr seid abfahrbereit?«, fragte er seine Mutter. Jetzt, wo es Zeit war, Abschied zu nehmen, war er traurig darüber.

»Ja, alles gepackt«, erwiderte Riska. »Deine Freunde waren sehr großzügig. Sie gaben uns alles, was wir für die Reise brauchen, und noch einiges mehr.«

»Und du bist sicher, dass ihr nicht hier bleiben wollt?«, fragte Edelor.

»Ganz sicher. Unser Zuhause ist am Frischquellsee. Du kannst uns doch besuchen, sooft du möchtest, Edelor.«

Eines der Eichhörnchen kam von den Booten herauf und tippte sich an die Mütze. »Wir sind fertig zum Ablegen, Madame«, sagte es. »Gebt mir Euer Gepäck, damit ich es sicher verstauen kann.«

Edelor löste Kuffis Arme von seinem Hals und umarmte Mutter und Schwester. »Wenigstens reist ihr mit einer größeren Gruppe«, meinte er. »Da braucht ihr euch keine Sorgen zu machen, dass es unterwegs gefährlich wird.«

»Nein«, stimmte Riska zu. »Wenn es hier gefährlich wird für jemanden, dann für dich. Ich kenne dich, Edelor. Jetzt, wo der Markt vorbei ist, wirst du dich auf die Suche nach dem Eulenbaron machen.« Sie umarmte ihn noch einmal ganz fest. »Pass auf dich auf, Edelor.«

»Mach ich«, versprach er.

Er schaute zu, wie seine Familie an Bord des letzten der drei Boote ging und wie die Eichhörnchen ablegten. Die Boote setzten sich langsam flussaufwärts in Bewegung. Ein paar der Eichhörnchen sangen im Takt der Ruderschläge. Edelor winkte, bis die Boote hinter einer Flussbiegung verschwunden waren. Auch ohne dass Riska ihn daran erinnert hatte, wusste er, welche Gefahr ihm bevorstand. Der schreckliche Eulenbaron wollte sich zum König über das ganze Quellenland erheben. Erst vor wenigen Tagen hatte er das Horn vom Adlerfels gestohlen, das sich jahrhundertelang in Kreuzwasser befunden hatte. Nur der Erbe der königlichen Adler, der einstigen Könige des Quellenlandes, konnte es blasen. Edelor wusste, dass er das herrliche silberne Horn zurückholen musste, bevor der Eulenbaron seine Macht weiter ausdehnte.

Er holte tief Luft und ging zurück Richtung Dorf.

Als Edelor den Dorfplatz erreichte, war alles ruhig. Eine leichte Brise wehte durch die Bäume und ließ die Blätter leise rascheln. Ein paar Jungtiere spielten Ball, und zwei ältere Kaninchen gingen gemächlich über den Platz Richtung Fluss; sie hatten Körbe dabei und wollten Wasserkresse sammeln.

Edelor konnte fast nicht glauben, dass er erst vor wenigen

Tagen an diesem friedlichen Ort um sein Leben gekämpft hatte. Der Eulenbaron hatte Reineck, den Silberfuchs, geschickt, um nach dem Horn vom Adlerfels zu suchen. Der Fuchs hatte versucht das Dorf unter seine Gewalt zu bringen und die Bewohner zu seinen Sklaven zu machen. Edelor hatte ihn zum Duell herausgefordert und schließlich getötet. Während er den herrlichen Morgen genoss, war ihm bewusst, dass er Glück gehabt hatte; der Kampf hätte auch anders ausgehen können.

Das Gasthaus *Zum Fröhlichen Frettchen* döste gemütlich in der Sommersonne. Aus einem der Schornsteine stieg eine dünne Rauchfahne auf. Als Edelor näher kam, erschien Kyria, die junge Füchsin, in der Tür und winkte ihn heran.

»Da bist du ja! Komm rein, Braunherr will die Sitzung eröffnen.«

Edelor folgte ihr in den Gastraum. Die Fenster standen offen, um die laue Sommerluft und das Plätschern des Flusses hereinzulassen. Die Sonne brachte den langen, polierten Tisch und die Zinnbecher darauf zum Glänzen. Ein süßer Duft zog durch den Raum; er ging von einer blau-weißen Schüssel mit Rosen und Geißblatt aus.

Braunherr, der Dachs, war Dorfältester von Kreuzwasser. Er saß am Tischende und nickte Edelor zu, als dieser hereinkam. »Jetzt, wo wir alle hier sind, müssen wir entscheiden, was zu tun ist«, begann er.

»Ich bin nicht sicher, ob wir vollzählig sind«, wandte Kyria

ein. »Ich habe Herrn von Wanderfalk von der Versammlung erzählt, aber ich weiß nicht genau, ob er kommt.«
»Ich bin gekommen. Ich bin da.« Die raue Stimme des Falken kam vom Fenster her. Rufus, das Eichhörnchen, das direkt darunter saß, fuhr erschrocken zusammen. Herr von Wanderfalk hockte auf dem Sims; keiner hatte ihn kommen sehen. »Lasst uns gleich beginnen«, sagte er.
Edelor hörte, wie Braunherr leise seufzte. Herr von Wanderfalk tat immer so, als hätte er das Sagen, als lebten sie noch in der Zeit, als die Falken unter den königlichen Adlern die Verwalter des Landes waren.
»Sehr schön«, sagte Braunherr. »Während des Jahr-

markts waren wir alle sehr beschäftigt. Doch nun ist der Markt vorbei. Jetzt müssen wir beschließen, was zu tun ist, um dem Eulenbaron das Horn vom Adlerfels wieder abzunehmen.«

Während Braunherr redete, setzte sich Edelor auf einen Stuhl neben Flick, Kyrias Vater. Dieser wirkte immer noch sehr mitgenommen von der Verletzung, die er beim Kampf mit Reineck und seiner Bande davongetragen hatte, doch er hatte darauf bestanden, an der Versammlung teilzunehmen.

Gegenüber von Edelor saß Flora MacKaro, die riesige Wildkatze. In der einen Hand hielt sie einen Becher mit Malzbräu, die andere hatte sie auf den Griff ihres Schwertes gelegt. Sie warf Rufus einen bösen Blick aus ihren stechenden grünen Augen zu.

»Wir bräuchten überhaupt nichts zu beschließen«, knurrte sie, »wenn diese Baumratte hier ihre Pflicht getan hätte.«

Rufus rutschte auf seinem Stuhl noch tiefer, sagte jedoch nichts.

»Flora, das ist nicht fair«, verteidigte ihn Kyria. Sie setzte sich neben Rufus und legte ihm die Pfote auf die Schulter. »Es war meine Idee, das Horn in seinem Haus zu verstecken, weil ich dachte, dass Reinecks Rabauken dort nicht suchen würden. An Vögel hab ich nicht im Traum gedacht. Ich habe mindestens so viel Schuld wie Rufus.«

»Oder wie ich«, sagte Herr von Wanderfalk zur Überraschung aller. »Ich hätte das Horn gleich, als ich es sah, an mich nehmen sollen. Dann wäre es jetzt in Sicherheit.«

Flora schnaubte und steckte die Nase in ihr Malzbräu.

Flick sagte: »Es bringt nichts, darüber zu debattieren, wessen Schuld es ist. Wichtig ist nur, dass wir das Horn nicht mehr haben. Wir sind hier, um zu entscheiden, was in dieser Sache zu tun ist.«

»Erzähl uns noch einmal ganz genau, was passiert ist, Rufus«, bat Edelor. »Vielleicht bringt uns das auf eine Idee.«

Bevor Rufus beginnen konnte, kam Wigbert, der Wirt, mit einem voll beladenen Tablett herein.

»Reden macht durstig, Tierschaften«, sagte er, »und hungrig dazu. Meine Frau hat ein paar Brötchen mit geräucherter Forelle belegt und Heidelbeerküchlein gebacken. Damit ihr nicht vom Fleisch fallt.«

Er stellte Teller und Krüge auf den Tisch.

Edelor sagte: »Schieß los, Rufus.«

Rufus zögerte noch. Er sah ganz unglücklich aus. »Ihr wisst, es war am Abend des Marktfestes«, begann er schließlich. Nervös schlang er die Pfoten ineinander. »Ich war nach Hause gegangen, um meine Flöte zu holen. Als ich aus dem Haus kam, waren Eulen auf der Veranda – insgesamt drei.« Er schauderte. »Eine war riesig – ich bin sicher, dass es der Eulenbaron war, von dem du uns erzählt hast, Edelor. Er wusste, dass ich das Horn habe, und befahl mir es ihm zu geben. Ich weigerte mich zuerst. Doch dann . . . dann hat er mich angesehen.«

»Er hat dich angesehen?«, wiederholte Flora ungläubig. Edelor merkte, dass diesen Teil der Geschichte bis jetzt nur er und Kyria kannten. »Er hat dich lediglich mit einem Blick zu Tode erschreckt?«
»Nein, so war es nicht«, wehrte sich Rufus. »Es war, als ... als fiele ich in kaltes dunkles Wasser. Es war wie ein Traum. Ich hörte die Stimme des Eulenbarons, die mir befahl das Horn zu holen. Ich wollte es nicht, aber irgendwie ... ich konnte nicht anders«, schloss er kläglich.
»Und was geschah dann?«, fragte Braunherr.
»Ich gab dem Eulenbaron das Horn. Danach wurde es schwarz um mich herum. Als ich wieder aufwachte, lag ich auf der Veranda. Die Eulen waren weg und das Horn auch.«
»Wenn der Eulenbaron so etwas mit Rufus machen kann, kann er es bestimmt mit jedem von uns machen, wir sollten versuchen das Horn zurückzuholen«, gab Kyria zu bedenken.
»So etwas habe ich in meinem Leben noch nicht gehört«, sagte Wigbert. Der füllige Igel wedelte mit einer Serviette über den Tisch und stellte leere Becher auf sein Tablett. »Ich verstehe gar nicht, warum ihr losziehen und euch mit Eulen anlegen wollt. Dank dir, Edelor, ist Kreuzwasser jetzt wieder ein sicherer Ort. Lasst doch das Horn Horn sein.«
Herr von Wanderfalk klappte ärgerlich mit dem Schnabel.
»Das dürfen wir nicht, Wigbert«, erklärte Edelor. »Es geht

nicht nur um Kreuzwasser. Der Eulenbaron will das ganze Quellenland beherrschen, und wenn er das tut, haben wir alle ganz schlechte Karten. Wir haben keine andere Wahl, wir müssen etwas unternehmen.«

Wigbert schüttelte den Kopf. »Was ist bloß aus unserer Welt geworden und wohin soll das noch führen?«, murmelte er beim Hinausgehen.

Als sich die Tür hinter ihm geschlossen hatte, sagte Flick: »Das ist unser Fehler. Wir sind alle wie Wigbert, denken nur an unser eigenes Dorf und nicht an das Land als Ganzes. Aber wenn wir uns nicht ändern, wird sich alles um uns herum ändern, ob wir das wollen oder nicht. Wir werden alle zu Sklaven des Eulenbarons werden.«

»Und was können wir tun?«, fragte Kyria.

»Beginnen wir mit dem, was wir wissen«, meinte Edelor. »Das Horn vom Adlerfels kann nur vom rechtmäßigen Erben der Adler geblasen werden. Der Eulenbaron kann dieser Erbe nicht sein – kein Vogel kann es sein. Aber wenn das Horn in seinem Besitz bleibt, werden wir nie wissen, wer der richtige Erbe ist.«

»Vielleicht behält er es gar nicht«, wandte Flick ein. »Wenn er es in einen See wirft, findet es kein Tier jemals wieder.«

Edelor dachte darüber nach und schüttelte dann langsam den Kopf. »Möglich wäre es, aber ich glaube einfach nicht, dass der Eulenbaron es wegwerfen wird. Soweit wir wissen, hat er noch eine andere Verwendung dafür.«

»Ich wünschte, der Erbe würde auftauchen«, sagte Rufus

sehnsüchtig. »Er würde alles wieder ins richtige Lot bringen.«
»Niemand weiß, wann der Erbe der Adler kommen wird«, meinte Herr von Wanderfalk. »Doch unzählige Jahre war das Horn verschollen und jetzt ist es wieder aufgetaucht. Vielleicht erfüllt sich die Prophezeiung ja bald.«
Flora schluckte einen Bissen Brot mit Forelle hinunter und fuhr sich mit ihrer rosaroten Zunge über die Schnurrhaare. »Diese alten Geschichten lassen sich ja wunderbar erzählen, wenn man gemütlich ums Feuer herumsitzt«, sagte sie. »Aber sie helfen uns jetzt nicht weiter. Wenn wir das Horn haben wollen, müssen wir gehen und es uns holen.«
»Zu Schloss Eulenburg gehen, meinst du?«, rief Rufus, die Augen vor Schreck weit aufgerissen. »Von dort kommt niemand lebendig wieder zurück!«
Edelor hatte geahnt, dass dies ihre einzige Chance war, hatte es jedoch nicht gewagt, dies in Worte zu fassen. Ihm wurde genauso angst und bange wie Rufus, wenn er daran dachte, dass sie in die Festung des Eulenbarons auf jener Insel im Eulensee eindringen wollten. Man erzählte sich zu viele düstere Geschichten über den See und den Wald darum herum. Doch Edelor wusste, dass er sich an den Gedanken gewöhnen musste.
»Rufus hat Recht«, sagte er, »Schloss Eulenburg ist ein höchst gefährlicher Ort. Und der Eulenbaron wird zweifellos versuchen jeden umzubringen, der dort nach dem Horn

sucht.« Er machte eine kleine Pause, bevor er fortfuhr: »Aber Flora hat genauso Recht. Wenn wir das Horn vom Adlerfels wiederhaben wollen, müssen wir zu Schloss Eulenburg gehen und es uns holen.«

2. KAPITEL

»Und wer von uns geht?«, fragte Braunherr.

Edelor zuckte zusammen, als die Frage des Dorfältesten die Stille durchbrach. Er schaute in die Runde und sah Bestürzung auf den Gesichtern seiner Freunde. Rufus konnte ihm nicht einmal in die Augen sehen. Er saß mit gesenktem Kopf da, den Schwanz eng um den Körper gelegt. Edelor hatte den Eindruck, dass keiner antworten oder auch nur an diese gefährliche Reise denken wollte.

»Ich gebe niemandem den Befehl«, fuhr der alte Dachs fort. »Ein solches Risiko muss man freiwillig eingehen – oder gar nicht.«

Edelor holte tief Luft und nahm all seinen Mut zusammen.

»Ich gehe«, sagte er und fügte dann unsicher hinzu. »Allerdings – ich bin ja jetzt Wachtmeister von Kreuzwasser. Was passiert, wenn ich weg bin?«

Flick grinste. »Herzlich wenig. Sie schlafen alle den Mittsommermarkt aus. Sie haben gar keine Energie, irgendwelche Scherereien zu machen. Wenn du sicher bist, dass du gehen willst, Edelor – ich bin wieder so weit hergestellt, dass ich ein Auge auf alles haben kann.«

»Und ich weiß keinen, der eher in der Lage wäre, das Horn zu finden und lebend zurückzukommen«, sagte Braunherr. Edelor hatte kaum Zeit, über das Lob des Dorfältesten verlegen zu werden, da sprang auch schon Kyria auf und rief: »Dann gehe ich mit!« Und obwohl ihr Vater überhaupt nicht widersprochen hatte, fügte sie an ihn gewandt hinzu: »Ich kann mit einem Schwert umgehen. Und ich bin Heilerin. Edelor wird mich brauchen, noch bevor sein Auftrag erfüllt ist.«

»Der Eulenbaron schreckt mich nicht«, meinte Flora. Sie reckte sich und gähnte und zeigte dabei nadelspitze Zähne. »Ich komm auch mit, Edelor.«

»Ich auch«, sagte Rufus. Man sah ihm an, dass er Angst hatte, aber er reckte das Kinn vor, und seine Stimme zitterte nicht. »Ich will mich für das, was ich getan habe, revanchieren dürfen. Wenn – wenn du mich dabeihaben willst, Edelor.«

»Natürlich will ich dich dabeihaben«, erwiderte Edelor rasch, bevor irgendjemand einen Einwand vorbringen konnte.

»Dann seid ihr vier«, stellte Braunherr fest. »Das dürfte genügen. Vier kommen so leicht wie eine ganze Armee durch den Schattenwald zum Eulensee.«

»Leichter«, meinte Kyria. »Eine Armee würde den Eulen bestimmt auffallen.«

»Was ist mit Euch, Herr von Wanderfalk?«, fragte Edelor. »In gewisser Weise ist das Horn für Euch wichtiger als für uns alle.«
»Ich gehe auch«, sagte der Falke, »aber nicht mit euch.« Er verlagerte sein Gewicht von einem klauenbewehrten Fuß auf den anderen, als könne er es kaum erwarten, sich auf den Weg zu machen. »Ich habe keine Geduld, um mit Tieren zu reisen, die auf dem Boden dahinkriechen. Ich fliege voraus und erkunde die Lage.«
»Einverstanden«, sagte Braunherr. Edelor spürte die Augen des Dorfältesten ernst auf sich ruhen. »Edelor, du übernimmst die Führung. Mögest du das Horn und euch alle wohlbehalten hierher zurückbringen.«

Zwei Tage nach der Versammlung stand Edelor erneut auf dem Landungssteg am Nordsüdstrom. Es war früh am Morgen, über dem Fluss lag noch dichter Nebel, doch die Sonne würde ihn bald wegbrennen.
Ein stabiles Segelboot war am Landungssteg vertäut. Kyria hockte vor dem Inhalt ihres Rucksacks am Boden. Sie trug derbe Stiefel, Kniehosen und eine wattierte Jacke und murmelte vor sich hin. »Braunheil, Weidenrinde, Einbeere . . .«, zählte sie an den Fingern auf. »Pflaster, Verbandszeug . . . ich weiß genau, dass ich etwas vergessen habe.«
»Jetzt ist es zu spät«, sagte Edelor. Jetzt, wo die Reise zum Eulensee beginnen sollte, war er merkwürdigerweise bes-

ter Stimmung. Alles war besser als das Warten. »Ist alles an Bord, Rufus?«

Der Kopf des Eichhörnchens tauchte aus dem Boot auf. Es versuchte gerade sämtliche Vorräte unterzubringen und noch Platz für die Passagiere zu lassen. »Alles, außer Kyrias Rucksack. Und das, was Flora noch bringt.«

»Wo ist Flora überhaupt?«, fragte Edelor.

»Auf dem Weg«, erwiderte Kyria. »Flick holt sie gerade aus dem *Fröhlichen Frettchen*.«

Sie hatte kaum den Mund zugemacht, als Edelor Schritte auf dem Pfad hörte und Flick und Flora aus dem Nebel auf-

tauchten. Die Wildkatze hatte lediglich ein kleines Bündel dabei, das sie Rufus zuwarf.
»Ein prächtiger Tag zum Reisen«, sagte sie und schlug sich auf die Brust. »Und ein prächtiger Tag zum Kämpfen, sollten uns irgendwelche Eulen in die Quere kommen.«
Kyria lachte. »Für dich ist doch jeder Tag ein prächtiger Tag zum Kämpfen, Flora.«
Sie band ihren Rucksack zu und stieg ins Boot. Edelor wollte ihr gerade folgen, als ein dunkler Schatten vom Himmel plumpste, der sich als Herr von Wanderfalk herausstellte. Die Krallen des Vogels ratschten über die Planken des Landungsstegs.
»Ihr seid bereit. Gut. Welchen Weg nehmt ihr?«
»Mit dem Boot bis Weidenfurt«, antwortete Edelor, der am Abend zuvor mit Flick über verschiedenen Landkarten gebrütet hatte. »Dann zu Fuß über die Berge und am Sattelbach entlang hinunter zum Eulensee.«
Der Falke öffnete den Schnabel und stieß ein zustimmendes Krächzen aus. »Ich pass auf euch auf«, versprach er, »und versorge euch mit Neuigkeiten über die Eulen. Haltet Ausschau nach mir auf Schloss Eulenburg, wenn ihr vorher nichts von mir hört. Gute Reise!«
Er breitete seine schiefergrauen Flügel aus, hob ab und war mit ein paar kräftigen Flügelschlägen verschwunden.
Als sei dies das Signal gewesen, gingen Edelor und Flora an Bord, und Flora setzte das Segel. Edelor löste das Verankerungstau und nahm seinen Platz am Ruder ein. Er

spürte, wie das Boot von der Strömung aufgenommen wurde und das Wasser des Nordsüdstroms um seinen Bug gurgelte.

»Auf Wiedersehen!«, rief Flick. »Und viel Glück!«

»Wir brauchen mehr als Glück, wenn wir das schaffen wollen«, murmelte Kyria, als das Boot an Fahrt gewann.

Die Reise flussaufwärts ging nur langsam vonstatten. Der Nordsüdstrom führte an manchen Stellen so wenig Wasser, dass das Boot auf Grund zu laufen drohte, und die Bäume am Ufer streckten ihre Zweige so weit über den Fluss, dass das Segel fast darin hängen blieb. Oft flaute der Wind ab, und das Segel hing schlaff herunter, sodass sie rudern mussten, um von der Strömung nicht zurückgetrieben zu werden.

Edelor saß am Bug, als die Sonne unterging und sich langsam lange Schatten über den Fluss streckten. Kyria hatte das Ruder übernommen, und Rufus trimmte das Segel. Flora hatte die Angel ausgeworfen und fing reichlich Forellen fürs Abendessen.

»Ich glaube, wir sollten anlegen«, meinte Edelor. Er zeigte flussaufwärts, wo ein kleiner Bach in den Nordsüdstrom mündete. »Da drüben scheint ein guter Platz zu sein.«

Kyria lenkte das Boot geschickt in die Mündung hinein, wo die Strömung unter den überhängenden Zweigen einer Weide einen Tümpel ausgeschwemmt hatte.

Rufus schaute hinauf zu dem Blätterdach. »Müssen wir uns

verstecken?«, fragte er nervös. »Glaubst du, dass die Eulen uns suchen?«

»Das bezweifle ich«, antwortete Edelor. »Wir haben nichts, das für sie interessant wäre. Zumindest bis nach Weidenfurt sollten wir vor den Eulen sicher sein. Aber Banditen können überall lauern.«

»Soll das heißen, dass wir kein Feuer machen können?«, fragte Flora entrüstet. »Ich esse die Forellen nicht roh!«

Edelor grinste sie an. »Ich würde mich nie trauen dir zu widersprechen, Flora. Aber wir halten das Feuer klein und löschen es, sobald wir gegessen haben.«

Er machte das Tau am Stamm der Weide fest und half Rufus die Schlafmatten und das Kochgeschirr auszuladen. Flora säuberte unterdessen den Fisch, und Kyria suchte nach Feuerholz.

»Edelor«, begann Rufus leise, als er die zusammengerollten Matten aufschnürte. »Hast du heute . . . etwas gesehen?«

»Etwas gesehen? Was meinst du?«

»Nun ja . . .« Das Eichhörnchen zögerte, bevor es weitersprach. »Ich hatte manchmal das Gefühl, als würde uns jemand beobachten.«

Edelor runzelte die Stirn. Halb und halb war er überzeugt, dass sein Freund sich das nur einbildete. Er sagte es aber nicht laut, sondern fragte stattdessen: »Hast *du* denn etwas gesehen?«

»Nein.« Rufus schüttelte sich. »Ich habe nur . . . diese Blicke gespürt.«

Edelor zuckte mit den Schultern. »Wasserratten in der Uferböschung vielleicht. Eulen können es nicht gewesen sein, wenn du das meinst, nicht am helllichten Tag. Trotzdem«, fügte er hinzu, als er sah, dass er Rufus nicht hatte überzeugen können, »stellen wir heute Nacht besser eine Wache auf.«

Während der gesamten Reise flussaufwärts hielten sie jede Nacht Wache, doch Störungen gab es keine. Tagsüber sahen sie nur wenig andere Tiere, und Rufus erwähnte den geheimnisvollen Beobachter nicht mehr.

Auf dem Schilfbach kamen sie noch langsamer voran. Das Segel konnten sie bei dem überhängenden Schilfgras nicht benutzen, sodass sie rudern und sich einen Weg zwischen den kräftigen Stängeln hindurchsuchen mussten. Diese Nacht verbrachten sie im Boot, da die Ufer zu sumpfig waren, um dort ein Lager aufzuschlagen. Alles war still, bis auf das leise Gurgeln des Wassers und das Geräusch des Windes in den fedrigen Wipfeln des Schilfgrases über ihren Köpfen.

Zwei Tage später bogen sie um eine Kehre im Fluss und sahen den Landungssteg von Weidenfurt vor sich und gleich dahinter die Brücke.

»Ahhh«, machte Flora zufrieden. Erwartungsvoll stellte sie die Ohren auf. »Im *Falkenhorst* von Weidenfurt brauen sie gutes Bier. Bleiben wir über Nacht hier, Edelor?«

»Warum nicht?«, sagte dieser.

»Wir müssen Proviant einkaufen«, sagte Kyria, »und überlegen, was wir von hier aus mitnehmen. Schließlich geht's von hier ab zu Fuß weiter.«
Als Edelor längsseits kam, lagen schon einige andere Boote am Landungssteg vertäut, doch Tiere waren keine zu sehen. In der Uferböschung über ihnen waren Häuser, aber die Türen und Fenster waren geschlossen.
»Wo sind sie denn alle?«, fragte Rufus.
»Keine Ahnung.« Edelor beschlich ein ungutes Gefühl. Zu dieser Zeit hatte er erwartete, dass Tiere ihrer Arbeit nachgingen, fischten oder Netze flickten, ihre Boote ausbesserten oder auch einfach nur den Sonnenschein genossen.
Er stemmte sich auf den Landungssteg und wickelte das Haltetau um den Pfosten. Von hier aus führte ein Pfad am Fluss entlang bis zur Brücke, er endete auf dem Vorplatz der Dorfgaststätte. Aus deren Kamin stieg Rauch auf. Also war das Dorf wenigstens nicht ganz verlassen, wie Edelor anfangs vermutet hatte.
»Lasst uns zum Gasthaus gehen«, schlug er vor. »Dort wird man uns sagen können, was los ist.«
Den größten Teil der Ausrüstung ließen sie im Boot, schulterten nur jeder seinen Rucksack und schlenderten über den Pfad zum Gasthaus. Sie waren schon fast da, aber gesehen hatten sie immer noch niemand. Die Bänke davor, auf denen die Tiere normalerweise gern in der Sonne saßen, waren leer. Das einzige Geräusch war das Knarren des Wirtshausschildes, das in der Brise hin und her schwang.

»Mir gefällt das nicht«, meinte Kyria. »Irgendetwas stimmt hier nicht.«

Edelor wäre fast wieder zum Boot zurückgegangen. Vielleicht war es besser, wenn sie ihre Sachen nahmen und ein Lager aufschlugen und am nächsten Morgen Richtung Berge marschierten, ohne in Weidenfurt Station zu machen. Doch sie mussten neue Vorräte besorgen, und sie alle würden die Reise nach einer erholsamen Nacht leichter fortsetzen können.

Entschlossen ging er die Eingangsstufen zum *Falkenhorst* hinauf und stieß die Tür auf.

»Guten Tag«, grüßte er. »Wir würden gern hier übernachten und –«

Er verstummte. Ein Dutzend Köpfe wandte sich ihm zu. Ein Dutzend Augenpaare blitzte über scharfen Zähnen. Ein Iltis, der an der Bar lehnte, hob grüßend seinen Bierkrug. Er hatte glattes braunes Fell und ein weißes Gesicht mit dunklen Augenringen, sodass er aussah, als trüge er eine Maske. Seine Augen blitzten.

»Hier übernachten?«, wiederholte er. »Ich denke, das lässt sich machen. Nicht wahr, Jungs?«

Hinter dem Tresen polierte ein verängstigt dreinschauendes Kaninchen einen Bierkrug. »Nein, das geht nicht«, sagte es. Seine Stimme überschlug sich vor Angst. »Wir sind voll. Geht weiter.«

Der Iltis beugte sich über den Tresen und packte das Kaninchen an einem seiner wuscheligen Ohren. »Das ist aber gar nicht freundlich«, rügte er. »Du solltest die Gäste willkommen heißen.«

»Nein!« Das Kaninchen konnte nur noch quieken, während es versuchte, sich zu befreien. In Edelors Richtung rief es: »Lauft! Seht ihr denn nicht – sie –«

Es verstummte mit einem gurgelnden Aufschrei, als der Iltis seinen Griff verstärkte und es schließlich gegen ein Regal mit Bierkrügen stieß, die auf das arme Tier herunterregneten. Es konnte sich nur noch ducken und die Arme schützend über den Kopf legen.

Edelor machte einen Schritt rückwärts und stieß mit Flora zusammen, die direkt hinter ihm stand. Jetzt wusste er, weshalb das Dorf so verlassen ausgesehen hatte. Banditen hatten Weidenfurt eingenommen.

3. Kapitel

»Zurück zum Boot!«, drängte Edelor.

Er versuchte die Gasthaustür hinter sich zuzuschlagen, doch die Banditen stürmten bereits hindurch. Während er die Stufen hinunterlief, zog er sein Schwert. Er führte einen Hieb gegen den Anführer, ein hoch gewachsenes Mauswiesel mit einer Axt in den Pfoten, und das Tier fiel, hielt sich die Schulter und heulte.

Dies verschaffte Edelor und seinen Freunden etwas Zeit, um sich zum Fluss hin zurückzuziehen. Auch Kyria hatte ihr Schwert gezogen, und Flora schwang ihre gewaltige, zweihändige Klinge und brüllte: »Kommt schon, ihr Milchgesichter! Oder fürchtet ihr euch etwa vor dem Stahl einer MacKaro?«

Edelor packte Rufus und stieß ihn den Pfad hinunter Richtung Boot. Das Eichhörnchen war unbewaffnet, und Edelor wusste, dass er kein Kämpfer war.

»Schnell!«, sagte er. »Lauf zum Boot, und mach die Leine –«

Bevor er den Satz zu Ende bringen konnte, erschienen weitere Banditen oben an der Uferböschung und stürmten he-

runter, wobei sie ihnen den Weg zum Boot abschnitten. Hinter Edelor klirrten Schwerter. Kyria und Flora versuchten die Bande aus dem Gasthaus in Schach zu halten. Der Iltis stand noch auf den Eingangsstufen; statt des Bierkruges hielt er nun ein Schwert in der Hand.

»Greift sie euch, Jungs!«, rief er. »Nicht töten! Ich will Gefangene!«

Er lief die Stufen hinunter und stürzte sich ins Getümmel. Edelor war plötzlich von Schwertern umgeben. Wenn er eines beiseite schlug, war schon das nächste an seiner Stelle. Verzweifelt kämpfte er sich zurück zu Kyria und Flora.

»Zur Brücke!«, schrie er und hoffte, dass seine Freunde ihn hörten. Einen anderen Ausweg gab es für sie nicht mehr. Rufus war dicht neben ihm; die Angst stand ihm ins Gesicht geschrieben. Edelor versuchte ihn zu schützen, und als einmal eine Sekunde Ruhe herrschte, zog er sein Messer aus dem Gürtel und drückte es dem Eichhörnchen in die Pfote.

Rufus schaute das Messer entsetzt an und stieß es dann entschlossen ins Bein eines Frettchens, das sein Schwert gegen Edelor schwang. Das Frettchen heulte auf und zog sich humpelnd zurück; aus seinem Bein spritzte Blut.

»Gut gemacht!«, lobte Edelor und schob Rufus Richtung Brücke. »Wir machen doch noch einen Kämpfer aus dir.«

»Nicht ... wenn ich auch noch ... was zu sagen habe«, keuchte Rufus.

Edelor hatte eine Wut auf sich selbst. Er hätte auf so etwas gefasst sein müssen. Als er den Eulenbaron bei dieser Versammlung in den Bergen zum ersten Mal gesehen hatte, hatte die Eule alle Banditen aufgefordert sich über das Quellenland zu verteilen und die Dörfer zu besetzen. Aber die Marktbesucher, die von außerhalb nach Kreuzwasser gekommen waren, hatten nichts davon erzählt, dass in Weidenfurt etwas Ungewöhnliches vorgefallen sei. Der Iltis und seine Bande mussten gerade erst angekommen sein. Edelor hoffte, dass seine Familie auf ihrem Weg flussaufwärts unbeschadet hier durchgekommen war.

All dies schoss ihm durch den Kopf, während er verbissen

kämpfte, um die Brücke zu erreichen. Kyria und Flora taten dasselbe, und endlich waren Edelor und Rufus bei ihnen und konnten sich Rücken an Rücken mit ihnen verteidigen. Flora hatte die Ohren angelegt und zischte Edelor über die Schulter zu: »Eine MacKaro läuft nicht davon!«
»Dann muss eine MacKaro verrückt sein!«, fauchte Kyria zurück. »Beweg dich! Zur Brücke!«
Edelor lief der Schweiß durchs Fell und in die Augen. Er wusste, dass sie keine Chance hatten; zahlenmäßig waren sie ihren Gegnern hoffnungslos unterlegen. Der Iltis würde sie gefangen nehmen. Ihre Mission würde scheitern.
Dann hatte Edelor plötzlich den Eindruck, als zöge sich die Meute um ihn herum etwas zurück. Es gab Raum zum Atmen und um das Schwert zu schwingen. Durch einen Schleier aus Schweiß und Müdigkeit sah er, dass er und seine Freunde Verstärkung erhalten hatten; eine große, schwarz gekleidete Gestalt, die ihr Schwert rasch und mit tödlicher Kraft schwang, kämpfte auf ihrer Seite.
Edelor sah, wie ihre Klinge in die Brust des Iltis schnitt. Der Anführer ging zu Boden und geriet unter die Pfoten seiner eigenen Gefolgstiere. Sie blieben stehen und traten dann den Rückzug an.
»Lauft!«, schrie Edelor. »Über die Brücke!«
Er wusste nicht, ob die Banditen ihnen über den Fluss folgen würden, doch zwischen den Bäumen auf der anderen Uferseite hatten sie eher eine Chance, sich zu verteidigen.
Kyria wirbelte herum und lief an ihm vorbei auf die Brü-

cke. Edelor folgte, wobei er Rufus vor sich herschob, während Flora und der geheimnisvolle Helfer ein Nachhutgefecht führten.

Auf der anderen Seite der Brücke angekommen, blieb Edelor keuchend stehen. Er drehte sich um und wischte sich mit dem Ärmel die Stirn ab. Das Schwert hatte er immer noch kampfbereit erhoben, doch er brauchte es nicht mehr. Nur zwei Banditen folgten Flora und deren Mitstreiter auf die Brücke, fielen aber bald zurück. Edelor sah, wie die Verwundeten zum Gasthaus zurückhumpelten. Zwei Tiere trugen den Iltis, der entweder schwer verwundet oder sogar tot war. Der Rest versammelte sich am Ende der Brücke.

Flora zischte noch ein paar Beleidigungen, dann kamen sie und das andere Tier über die Brücke.

Jetzt konnte Edelor ihren Kampfgefährten zum ersten Mal genauer in Augenschein nehmen. Vor Überraschung blieb ihm der Mund offen stehen. Bei dem Tier handelte es sich um einen Wolf, schlank und muskulös, mit einer narbenübersäten Schnauze und einer schwarzen Augenklappe. Obwohl sein Hemd zerrissen war und aus einer Wunde an der Brust Blut tropfte, folgte er Flora vollkommen locker, als mache er einen Nachmittagsspaziergang.

»Konrad!«, rief Edelor. »Ihr seid Konrad! Ihr wart beim Eulenbaron oben in den Bergen!«

Der Wolf ging ungerührt weiter, bis er die anderen am entgegengesetzten Ende der Brücke erreicht hatte. Er rupfte

ein Büschel Gras ab und säuberte damit sein Schwertklinge. Erst dann ließ er sich zum Sprechen herab.
»Mein Name ist Konrad. Und ich verkehrte eine gewisse Zeit lang mit dem Eulenbaron. Aber ich kenne dich nicht, Marder.«
»Mein Name ist Edelor. Ich gehörte zur Truppe von Reineck, dem Silberfuchs, als der Eulenbaron die Banditen in den Bergen zusammenrief.«
»Tatsächlich?« Der Wolf schien amüsiert. »Doch wie ich sehe, bist du jetzt nicht mehr bei Reineck.«
»Ich habe ihn getötet«, erwiderte Edelor knapp. Es ärgerte ihn, dass Konrad ihn ausfragte. »Ich wüsste gern, weshalb Ihr hier seid und auf unserer Seite gekämpft habt.«
Konrad rieb mit dem Gras seine Schwertklinge blank und schaute dann mit zusammengekniffenen Augen an ihr entlang. Edelor und seine Freunde beobachteten ihn und tauschten dabei unsichere Blicke. Edelor hatte ihnen alles über das Banditentreffen erzählt.
Kyria sagte: »Wenn er zum Eulenbaron gehört, sollten wir ihm sein Schwert abnehmen.«
Konrad lächelte sie an. »Du kannst es ja versuchen, meine Liebe. Zu viert könnte es euch sogar gelingen. Doch ich versichere euch, ich stelle keine Gefahr dar.« Er warf das Grasbüschel weg und steckte sein Schwert in die Scheide. »Da die öden Gesellen da drüben uns nicht ins Dorf lassen, könnten wir vielleicht ein Lager aufschlagen und es uns etwas gemütlicher machen zum Reden.«

Obwohl Edelor nur widerwillig bereit war zu tun, was Konrad sagte, musste er zugeben, dass der Vorschlag des Wolfs vernünftig war. Sie hatten ihr Boot mit der gesamten Ausrüstung darin verloren und waren auf der falschen Seite des Flusses, wenn sie zu Schloss Eulenburg wollten. Die Sonne würde bald untergehen. Das einzig Vernünftige war, ein Lager aufzuschlagen und darüber nachzudenken, was als Nächstes zu tun war.

Der Wolf ging bereits durch den Wald. Edelor folgte, seine Freunde dicht auf den Fersen.

Bald dünnten die Bäume aus, und sie kamen auf eine Lichtung. Da lag ein Rucksack, und jemand hatte bereits Holz für ein Lagerfeuer gesammelt. Es sah aus, als habe Konrad hier angefangen sein Lager aufzuschlagen, als er vom Kampflärm aus dem Dorf gestört wurde.

Der Wolf kümmerte sich um das Feuer, während Edelor und seine Freunde den Inhalt ihrer Rucksäcke durchforschten, um festzustellen, was ihnen von ihren Sachen geblieben war. Viel war es nicht. Edelor hatte etwas Kochgeschirr und ein Seil, Rufus seine Flöte und eine zusammengerollte Landkarte in einem Köcher aus Birkenrinde, Flora zwei zusätzliche Wurfmesser und Kyria ihre Heilkräuter und Salben. Sie hatten alle auch etwas zu essen dabei, aber es reichte bestimmt nicht länger als für einen Tag.

»Was machen wir jetzt?«, fragte Rufus.

»Ich weiß es nicht«, erwiderte Edelor.«Wir müssen es gemeinsam besprechen.«

»Wir werden etwas Anständiges essen heute Abend«, versprach Flora. »Ich gehe angeln.«
»Aber dein Angelzeug ist doch im Boot«, wandte Kyria ein.
Die Wildkatze lachte. »Ich brauche kein Angelzeug.« Sie streckte ihre gewaltige Pfote aus und fuhr die scharfen Krallen aus. »Damit geht's auch«, meinte sie und verschwand zwischen den Bäumen.
»Pass auf wegen der Banditen«, rief Edelor ihr nach.
Nachdem sie weg war, drehte Edelor sich zu Konrad um. Der Wolf hatte das Feuer entfacht und legte nun trockene Blätter und dürre Zweige nach. Bei Einbruch der Dämmerung loderten die Flammen schon hell auf. Edelor war hundemüde. Am liebsten hätte er nur dagesessen, ins Feuer geschaut und seine Sorgen vergessen, doch er wusste, dass er das nicht tun konnte. Er musste sich überlegen, wie sie ihre Mission zu Ende führen und das Horn vom Adlerfels zurückholen konnten.
»Wie ich sehe, habt ihr Probleme«, sagte Konrad. »Darf ich wissen, was –«
»Nein, dürft Ihr nicht!«, fuhr Edelor ihn an. »Glaubt Ihr wirklich, ich erzähle Euch alles, wenn Ihr dem Eulenbaron dient?«
»Deine Informationen sind veraltet, Marder«, erwiderte Konrad. »Ich diene dem Eulenbaron nicht mehr – genauso wenig wie du Reineck noch länger dienst. Wir hatten . . . nennen wir es mal so, eine Meinungsverschiedenheit.«

»Ihr meint, Ihr habt Euch gestritten«, mischte sich Kyria ein. »Worum ging es?«

»Der Eulenbaron kommandiert seine Untergebenen gern herum«, erklärte Konrad. »Das mag angehen für Ratten und Wiesel und solches Gesindel, aber ich bin Konrad, und ich bin niemandes Lakai.«

Edelor fragte sich, ob er ihm glauben konnte. Es widerstrebte ihm, jemandem zu glauben, der im Dienst des Eulenbarons gestanden hatte, doch es deutete nichts darauf hin, dass Konrad log. Und er hatte sein Leben aufs Spiel gesetzt, um auf ihrer Seite zu kämpfen.

Er entspannte sich etwas und hielt dem Wolf die Pfote hin.

»Dann freue ich mich, dass wir dich getroffen haben«, sagte er. »Und danke für deine Hilfe.«

Konrad ergriff die Pfote und schüttelte sie. »Nicht der Rede wert, lieber Freund. Gern geschehen.«

»Du bist verletzt«, sagte Kyria. »Lass mich mal deine Wunde anschauen. Rufus, holst du mir bitte etwas Wasser vom Fluss?«

Nachdem das Eichhörnchen mit einem Kochtopf weggegangen war, half sie Konrad vorsichtig das Hemd von der schartigen Wunde in seiner Seite zu ziehen.

»Ist nur ein Kratzer«, meinte Konrad. »Es hat schon wieder aufgehört zu bluten.«

»Auch ein Kratzer kann sich bös entzünden«, sagte Kyria. »Ich wasche ihn aus und lege etwas darauf.«

Während sie darauf wartete, dass Rufus zurückkam, fragte Edelor den Wolf: »Reist du noch weit?«
Konrad zuckte mit den Schultern. »So weit weg vom Eulenbaron wie möglich. Ansonsten . . . sagen wir mal so, hatte ich gehofft ein paar Abenteuer zu erleben.«
»Nun, das hast du ja heute«, meinte Kyria. Sie wurde langsam ungeduldig.
Endlich kam Rufus mit dem Topf voll Wasser und einem großen Strauß Wasserkresse. »Flora fängt jede Menge Fische«, berichtete er. »Die Banditen bewachen immer noch ihr Ende der Brücke, und zwei sind in unserem Boot.«
»Dann können wir es vergessen«, sagte Edelor. »Nicht dass wir es jetzt brauchen würden, aber wir sind auf der falschen Seite des Flusses, und unsere gesamte Ausrüstung ist darin.«
»Willst du damit sagen, dass wir unseren Plan aufgeben und wieder nach Hause gehen müssen?«, fragte Rufus.
»Ich weiß nicht. Flussabwärts ist erst in Kreuzwasser wieder eine Brücke und flussaufwärts nicht vor Eckerndorf. Wie wir es machen, wird es uns viele, viele Tage kosten.«
»Wir könnten auf die andere Seite schwimmen«, schlug Kyria vor, wobei sie selbst bezweifelte, dass dies ein guter Vorschlag war.
»Und weil wir noch nicht genügend andere Probleme haben, auch noch bis auf die Knochen nass werden«, sagte Edelor. »Außerdem weiß ich nicht, wie wir ohne richtige Ausrüstung die Sümpfe um Schloss Eulenburg herum überqueren sollen.«

»Durch die Sümpfe zum Eulensee?«, rief Konrad und setzte sich auf, sodass der Umschlag, den Kyria auf seine Wunde zu binden versuchte, wieder verrutschte. »Mein lieber junger Freund, hast du jetzt vollkommen den Verstand verloren?«
Edelor schaute Kyria und Rufus an. Es war ihm immer noch nicht wohl bei dem Gedanken, Konrad irgendwelche Geheimnisse anzuvertrauen, aber der Wolf schien ihr Freund zu sein, und wenn er sich auf dem Besitz des Eulenbarons gut auskannte, konnte er ihnen vielleicht hilfreiche Informationen geben.
Als Kyria kaum merklich nickte, erzählte Edelor alles, was sich in Kreuzwasser zugetragen hatte, dass das Silberne Horn aufgetaucht war und Herr von Wanderfalk ihnen erzählt hatte, dass es sich um das legendäre Horn vom Adlerfels handelte, das nur vom rechtmäßigen Erben der untergegangenen Adlerkönige geblasen werden konnte.
Während er noch erzählte, wurde der rote Schein der untergehenden Sonne immer schwächer. Schatten legten sich über die Lichtung, und bald war fast nur noch der warme Schein des Feuers in der Dunkelheit zu sehen. Bald kam Flora zurück, wedelte mit ihrem Fang und putzte geschickt die Fische. Bis Edelor fertig war mit seinem Bericht, brieten sie schon auf Stöcken über dem Feuer.
»Das Horn vom Adlerfels«, sagte Konrad gedankenverloren. »Das erklärt, warum der Eulenbaron es so dringend haben wollte.«

»Hast du das denn vorher nicht gewusst?«, fragte Kyria überrascht.
»Ich gehörte nicht zu den Vertrauten des Eulenbarons«, erwiderte der Wolf. »Dies war einer der Gründe für unsere ... äh ... bedauerliche Meinungsverschiedenheit. Aber, meine lieben Freunde«, fuhr er wieder forscher fort, »ihr könnt nicht zum Eulensee. Der gesamte Schattenwald wimmelt nur so von Spionen und Günstlingen des Eulenbarons. Sogar Schnecken und Spinnen dienen ihm und tun nur, was er will. Ihr dürftet vielleicht nach Schloss Eulenburg hinein, aber auf eines kann ich euch mein Wort geben: Herauskommen würdet ihr nie mehr!«
Rufus schauderte, doch Edelor meinte dickköpfig: »Wir müssen es versuchen.«
»Auch wenn es eine bessere Möglichkeit gäbe?«, fragte Konrad.

»Was für eine bessere Möglichkeit?«, wollte Kyria wissen.
»Der Eulenbaron will sich zum König des Quellenlandes ausrufen lassen«, sagte Konrad. »Da er das Horn nicht blasen kann, kann er damit auch nicht beweisen, dass er der Erbe der Adler ist. Er will nur nicht, dass es dem rechtmäßigen Erben in die Hände fällt.«
»Das wissen wir doch längst«, unterbrach ihn Kyria. »Hast du uns nichts Neues zu sagen?«
»Nur dies –« Konrad machte eine Pause, während der er mit einem langen Ast im Feuer stocherte. Funken flogen hinauf in die Dunkelheit der Bäume. »Wenn ihr versucht das Horn zurückzuholen, werdet ihr sterben. Warum sucht ihr stattdessen nicht den rechtmäßigen Erben?«
Edelor starrte ihn an, sprachlos vor Überraschung. Daran hatte er nie gedacht.
»Wenn ihr den Erben der Adler findet«, fügte Konrad noch hinzu, »wird der den Eulenbaron besiegen, ob mit Horn oder ohne.«
»Aber die Prophezeiung wurde vor hunderten von Jahren gemacht«, sagte Kyria. »Woher sollen wir wissen, dass der Erbe gerade jetzt kommt?«
»Herr von Wanderfalk glaubt, dass die Zeit bald da ist«, erinnerte Rufus sie. »Das sagte er bei unserem Treffen im *Fröhlichen Frettchen.*« Seine Augen glänzten im Schein des Feuers, als er wiederholte, was in der Sprache der Adler auf dem Horn eingraviert war:

»Allein und nicht allein, mein Sohn,
Geboren für der Adler Thron.
Holst dein Zeichen dir aus dem Wasser herauf,
Doch die Krone bleibt in der Wasser Lauf.
Deine Stimme vernimmt der Kopf aus Stein
Und er flüstert dir seine Geheimnisse ein.
Vor der doppelten Klinge nimm dich in Acht!
Doch Licht entspringt in des Waldes Nacht.
Dein Los erwarte und mutig aufsteh,
Wenn Dunkelheit teilt den gefrorenen See.
Allein und nicht allein bist du, mein Sohn.
Steh auf, blas das Horn und besteige den Thron!«

»Aber wir wissen ja immer noch nicht, was es bedeutet.« Edelor breitete hilflos die Pfoten aus. »Wo sollten wir anfangen zu suchen?«

Konrad gähnte und streckte sich. »Ich hätte gedacht, das sei offensichtlich, mein Freund. Ihr müsst zum Adlerfels.«

4. Kapitel

»Zum Adlerfels!«, wiederholte Edelor. Wenn der Wolf vorgeschlagen hätte zum Mond zu fliegen, hätte er kaum überraschter sein können.
Der Adlerfels war jener hoch aufragende Felsen, auf dem die Adler früher Hof gehalten hatten. Er lag im Westen des Quellenlandes, jenseits des Flusses Eiler.
Seit vielen Jahren war der königliche Horst verlassen, und nur noch wenige Tiere kamen in diese Gegend. Edelor hatte noch nie jemanden getroffen, der auf dem Fels gewesen war.
»Der Eulenbaron wusste zweifellos eine ganze Menge über das Horn«, sagte er, als seine Überraschung nachließ und er ernsthaft über den Vorschlag nachdenken konnte. »So wusste er zum Beispiel, dass er es in Kreuzwasser finden würde. Er muss irgendwo auf Informationen gestoßen sein . . . vielleicht sogar auf dem Adlerfels.«
»Genau«, sagte Konrad. »Wenn ihr den Erben dort nicht persönlich findet, findet ihr vielleicht ein paar Hinweise, die euch weiterhelfen.«

»Eine etwas klarere Aussage als die Verse auf dem Horn«, sagte Edelor.
»Aber es ist weit bis zum Adlerfels«, gab Kyria zu bedenken. »Fast zweimal so weit wie zum Eulensee. Und wir haben keinen Proviant.«
»Wir können von dem leben, was das Land uns gibt«, meinte Flora gut gelaunt und drehte den Fisch über der Glut. »Und wir sind auf der richtigen Seite des Flusses.«
»Rufus, was meinst du?«
Seit Konrads Vorschlag, nicht zum Eulensee, sondern anderswo hinzugehen, schaute Rufus richtig erleichtert drein, doch ganz sicher war er sich seiner Sache nicht. »Wenn nur Herr von Wanderfalk hier wäre. Er könnte uns einen Rat geben.«
»Er ist aber nicht da«, sagte Kyria. »Und er wird uns auch nicht finden können, wenn er uns Richtung Eulensee sucht.«
»Da können wir jetzt nichts machen«, sagte Edelor. »Und wenn ein Vogel allein zurechtkommt, dann ist es Herr von Wanderfalk. Wir müssen uns jetzt entscheiden, ob wir an unserem ursprünglichen Plan festhalten und versuchen nach Schloss Eulenburg zu kommen oder ob wir Richtung Adlerfels gehen.«
»Du bist unser Anführer, Edelor«, sagte Rufus. »Wir gehen mit dir, egal, wie du entscheidest.«
Kyria und Flora nickten.
»Und wenn ich eine Hilfe sein kann, komme ich auch mit«, erbot sich Konrad.

Edelor schaute den Wolf an, und plötzlich waren seine anfänglichen Bedenken alle wieder da. Warum sollte Konrad ihnen seine Hilfe anbieten? Sie standen bereits in seiner Schuld. Vielleicht ist das eine Falle, dachte er, und Konrad steht immer noch im Dienst des Eulenbarons.

Der Wolf lächelte mit halb geschlossenen Augen, als hätte er Edelors Gedanken erraten. »Es stehen immer noch böse Worte zwischen mir und dem Eulenbaron«, sagte er. »Ich würde mich freuen, wenn ich ihm eins auswischen könnte.« Sein Lächeln wurde fast grimmig, als er jetzt die Zähne entblößte. »Unendlich freuen!«

Edelor war immer noch nicht ganz überzeugt, doch er versuchte seine Zweifel beiseite zu schieben. Konrad wäre ein wertvoller Verbündeter, und die Idee, zum Adlerfels zu gehen, schien nicht schlecht zu sein. Es war gut möglich, dass sie dort auf wichtige Informationen stießen und vielleicht sogar auf den Erben der Adler selbst. Außerdem mochte der Eulenbaron zwar das Horn haben, aber er konnte nichts damit anfangen, außer es verstecken. Vielleicht konnte der Gang zum Eulensee tatsächlich noch etwas warten.

Edelor holte tief Luft. »Also dann«, sagte er, »gehen wir zum Adlerfels. Morgen früh brechen wir auf.«

Hinter ihnen ging die Sonne auf und warf lange Schatten vor Edelor und die anderen, als sie den Waldrand erreichten. Ein steiniger Pfad wand sich hügelaufwärts über ein

Stück brach liegendes Sumpfland. Wolkenfetzen bedeckten den Himmel, und die Luft war kalt.
»Gehen wir nach Moorbrunn, Edelor?«, erkundigte sich Flora und zeigte den Weg hinauf.
»Nein.« Edelor hatte am Abend zuvor noch lange über der Route gebrütet und die Karte studiert, nachdem die anderen längst schlafen gegangen waren. »Wenn wir da hinaufgehen, müssen wir den Eiler zweimal überqueren, einmal bei Moorbrunn und einmal bei Wiesenbrück. Das Risiko ist groß, dass sich dort ebenfalls Banditen eingenistet haben. Was machen wir dann? Wenn wir dagegen Richtung Südwesten gehen, erreichen wir den Adlerfels, ohne dass wir auch nur einmal über den Eiler müssen.«
»Und ohne jemandem zu begegnen, der möglicherweise unangenehme Fragen stellt«, meinte Konrad lobend. »Geh voran, mein Freund!«
Edelor zögerte. Er war nicht sicher, ob er der Richtige war, um die Gruppe durch ihm fremdes Gelände zu führen. »Flora, kennst du dich in den Bergen hier aus?«, fragte er. »Du bist schon viel weiter gereist als ich.«
Die Wildkatze schüttelte den Kopf. »Weshalb sollte ich in diese Gegend reisen? Nichts zu essen, keine Leute . . .«
»Und niemand, gegen den du kämpfen könntest«, ergänzte Kyria und grinste ihre unerschrockene Freundin an.
Also musste Edelor doch den Führer spielen. Er verließ den Pfad und ging voran über den Bergsattel und weiter zu den steilen, sumpfigen Hängen auf der anderen Seite. Es wurde

wärmer, und der Himmel war bald strahlend blau mit ein paar weißen Wolkentupfen. Doch als sie höher hinaufkamen, wehte von Westen ein frischer Wind.

Nach einer Weile begann Rufus zu singen, und zu Edelors Überraschung stimmte Konrad ein; ein tiefer Bass zum Tenor des Eichhörnchens.

Rufus lächelte erfreut. »Du kennst das Lied!«

»Wir haben es früher immer gesungen, als ich noch ein Welpe war«, erzählte Konrad. »Daheim am Feuer, in den Bergen weit weg von hier. Das waren noch Zeiten, ach, waren das Zeiten . . .«

Edelor fing Kyrias Blick auf; sie musste sich das Lachen verkneifen. »Vielleicht sollten wir Flora singen lassen«, murmelte sie. »Das würde sämtliche Eulen zwischen hier und Hochfurt vergraulen.«

Die nächsten beiden Tage waren genauso schön wie der erste. Am dritten Abend, nachdem sie von Weidenfurt losgezogen waren, lagerten sie neben einer Quelle, die zwischen zwei Felsen entsprang und dann den Hügel hinunterplätscherte. Das Wasser war kühl und klar.

»Das muss der Moorbach sein«, sagte Edelor. »Wir kommen flott voran. Hoffentlich hält das Wetter.«

»Ein bisschen Regen würde uns auch nicht umbringen, Kleiner«, sagte Flora und schlug ihm auf den Rücken, dass er sich fast an seinem Fisch, den es zum Abendessen gab, verschluckte. »Wir sind schließlich nicht aus Zuckerguss.«

»Und bei Regen wären wir nicht so gut zu sehen«, fügte

Konrad hinzu. »Bei diesem klaren Wetter sind wir leichter zu erkennen, als mir lieb ist. Es wäre besser, wenn der Eulenbaron nicht erfahren würde, dass wir zum Adlerfels unterwegs sind.«

»Den ganzen Tag im Regen herumlaufen«, sagte Kyria und schüttelte sich, »und auf nassem Boden schlafen müssen – genauso stelle ich mir einen schönen Sommer vor!«

Konrad lächelte und zuckte mit den Schultern. »Ob Regen oder Sonnenschein, wir können es nicht beeinflussen«, sagte er. Danach tauschte er mit Flora weiter Geschichten von früheren Scharmützeln aus, während Rufus leise seine Flöte spielte.

Edelor reckte sich. Er begann sich zu entspannen. Ob seine Entscheidung nun richtig war oder falsch, jetzt gab es kein Zurück mehr. Wären sie ostwärts gegangen, hätten sie sich Gedanken um ganz andere Dinge machen müssen als nur um das Wetter.

Am nächsten Tag sah es so aus, als ginge Konrads Wunsch in Erfüllung. Von Westen her zogen graue Wolken auf, die fast über ihren Köpfen zu hängen schienen, doch bis sie ihr Lager aufschlugen, war noch kein Regentropfen gefallen.

Das trübe Wetter hielt noch etliche Tage an, während sie durch das trostlose Sumpfland wanderten. Dann eines Morgens wachte Edelor auf und fand sich von dichten weißen Nebelschwaden umgeben. Er sah nichts, nicht einmal seine Kameraden, die ganz in der Nähe schliefen. Das einzige Geräusch war das leise Rauschen von Wasser, doch selbst das klang gedämpft. Einen entsetzlichen Augenblick lang glaubte Edelor, er sei taub und blind geworden.

Er setzte sich auf. »Kyria! Rufus!«

Er hörte ein Rascheln. Rufus tauchte aus dem Nebel auf und kauerte sich neben ihn. In seinem Fell hingen winzige Wassertröpfchen. Eine riesige Gestalt neben ihm entpuppte sich als Flora. Mit angewiderter Miene schüttelte sie Wasser aus ihren Ohren.

»In dieser Milchsuppe kommen wir aber nicht weit«, prophezeite sie düster.

»Wir müssen es versuchen«, sagte Edelor, nachdem auch Kyria und Konrad aufgestanden waren und sich zu ihnen gesellt hatten. »Bis zum Dornbach kann es nicht mehr weit sein. Wenn wir den überqueren, können wir ihm bis zum Eiler folgen.«

Sie tasteten sich durch den Nebel und suchten ihre Sachen zusammen, so gut es ging. Dann machten sie sich auf den Weg. Edelor zitterte. Seine Kleider klebten kalt und klamm an ihm. Langsam drang die Feuchtigkeit durchs Fell. Es war unmöglich, mehr als einen Schritt weit zu sehen, und mehr als einmal stolperten sie über Grasbüschel oder in Erdlöcher, mit denen sie nicht gerechnet hatten. Edelor beobachtete ständig den Himmel über sich. Er suchte nach einem Loch im Nebel oder wenigstens einem Lichtschimmer, der ihm den Stand der Sonne verraten hätte, aber er sah ringsum nichts als weiße, wabernde Nebelschwaden.

Stunde um Stunde kämpften sie sich über das Moor. Wenn

sie Rast machten, drang die Nebelkälte ihnen bis auf die Knochen, und es fiel danach schwer, aufzustehen und weiterzugehen. Edelor versuchte immer wieder angestrengt etwas zu sehen und lauschte nach dem Geräusch von fließendem Wasser, das ihnen den Weg zum Dornbach hätte weisen können, doch er sah und hörte nichts.

Schließlich wurde das Tageslicht schwächer.

»Wir müssen irgendwo übernachten«, entschied Edelor und ließ seinen Rucksack auf den Boden gleiten. »Und ob wir hier bleiben oder uns einen anderen Platz suchen, spielt keine Rolle. Vielleicht hat sich der Nebel bis morgen ja verzogen.«

»Und vielleicht fliegen Dachse«, murmelte Flora.

Rufus war auf den Boden gesunken und hatte beide Pfoten vors Gesicht geschlagen. »Tut mir Leid, Edelor«, flüsterte er, »aber ich glaube, ich kann so nicht weitergehen.«

»Das musst du auch nicht.« Edelor legte dem Eichhörnchen eine Pfote auf die Schulter. »So schlimm wie heute kann es morgen gar nicht mehr sein.«

Sie verbrachten eine entsetzliche Nacht, dicht aneinander gedrängt wegen der Kälte und Feuchtigkeit. Um ein Feuer zu machen, war alles viel zu nass. Edelor schlief unruhig; wachte immer wieder auf und suchte in der Dunkelheit vergeblich nach dem Mond oder den Sternen.

Endlich – er hatte den Eindruck, als seien Jahre vergangen – merkte er, dass die Dunkelheit nicht mehr so undurchdringlich war; der Nebel waberte allerdings immer noch um sie herum, genauso dicht und weiß wie tags zuvor. Er weckte die anderen. Mühsam, ganz steif vom Stillliegen, erhoben sie sich. Sie sprachen kaum miteinander und hielten den Kopf in wachsender Verzweiflung gesenkt. Selbst Flora und Konrad waren niedergedrückt.

Kyria verteilte das Essen, bevor sie wieder loszogen. »Mehr haben wir nicht«, sagte sie. »Flora konnte gestern nicht fischen.«

Und wie wird es wohl heute sein?, fragte sich Edelor.

Seine einzige Hoffnung bestand darin, dass sie bald auf den Dornbach trafen, aber als sie dann wieder unterwegs waren, musste er zugeben, dass er keine Ahnung hatte, ob sie in die richtige Richtung gingen. Sein Fell war völlig durchnässt und schwer, und mit jeder Stunde wurde es mühsamer, eine Hinterpfote vor die andere zu setzen.

Er sah, dass es den anderen nicht besser ging. Rufus' Schwanz schleifte auf dem Boden, und das Eichhörnchen stolperte in einem fort, als sei es zu erschöpft, um die Beine zu heben. Sein Gesicht war eine starre Maske, so als wollte es nicht aufgeben oder eingestehen, dass es Hilfe brauchte.

Schließlich musste Edelor zugeben, was er schon seit geraumer Zeit vermutet hatte. Er blieb stehen. »Inzwischen müssten wir den Dornbach erreicht haben«, sagte er. »Tut mir Leid, aber ich fürchte, wir haben uns verlaufen.«

5. Kapitel

Keiner sagte etwas zu Edelors Äußerung, woran er merkte, dass sie es bereits gewusst hatten. Rufus sank müde ins Heidekraut; Flora stand reglos da, nur die Nase und die Barthaare zuckten, als versuchte sie den richtigen Weg zu erschnuppern.
»Hast du eine Ahnung, wo wir sind, Flora?«, fragte Edelor.
Die Wildkatze schüttelte angewidert den Kopf. »In diesem verflixten Nebel kann ich weder sehen noch riechen noch etwas hören.«
Kyria versuchte ohne großen Erfolg, ihren Schwanz auszuwringen. »Ruhen wir uns eine Weile aus«, schlug sie vor.
Sie kauerten sich dicht nebeneinander in das störrische Sumpfgras und das Heidekraut. Jeder Halm hing voller Wassertropfen, doch noch kälter oder nasser, als sie ohnehin schon waren, konnten sie nicht mehr werden.
Es würde ihnen nichts anderes übrig bleiben, als weiterzugehen, aber Edelor fragte sich, wie lang sie ohne Nahrung und ausreichend Schlaf durchhalten könnten. Rufus war offensichtlich schon am Ende seiner Kräfte. Und Edelor

hatte keine Ahnung, welche Richtung sie einschlagen sollten. Gut möglich, dass sie im Kreis herumgelaufen waren. Er wollte gerade tief Luft holen, um die anderen zum Weitergehen zu bewegen, als er meinte einen kühlen Lufthauch zu spüren. Er hob den Kopf. Bald war er ganz sicher; eine schwache Brise wehte ihnen entgegen.

Auch Flora hatte die Ohren aufgestellt, und Kyria rappelte sich auf, um jede Veränderung mitzubekommen, die ihnen bei der Orientierung helfen könnte. Edelor sah, dass der Nebel in Bewegung geriet; weiße Fetzen wehten durch die Luft.

Doch damit nicht genug. Er glaubte ein Stück weiter rechts von ihnen das gedämpfte Plätschern von Wasser zu hören. Konrad hatte es ebenfalls gehört. Er hob die Pfote und zeigte in die Richtung. »Da drüben!«

Die Hoffnung gab ihnen wieder Kraft. Sie rappelten sich auf und eilten in die Richtung, aus der das Geräusch kam. Der Nebel wirbelte um sie herum. Von Zeit zu Zeit mussten sie stehen bleiben und sich vergewissern, ob sie noch in die richtige Richtung gingen.

Bald erreichten sie einen Fluss, der sich seinen Weg durch das Moor zwischen Büscheln von Riedgras und moosbewachsenen Steinen suchte. Ein müdes »Hurra« entschlüpfte ihnen.

»Das muss der Dornbach sein«, meinte Edelor. »Jetzt kann nichts mehr schief gehen!«

Obwohl der Nebel immer noch so dicht war, dass sie nur

ein paar Schritte weit sehen konnten, war es nicht schwer, dem Fluss zu folgen. Bald begann Edelor nach einem geeigneten Platz zu suchen, wo sie ihr Lager aufschlagen konnten, und nach einer flachen Stelle im Fluss, um ihr Abendessen zu angeln.

Das Plätschern des Wassers wurde plötzlich zu einem lauten Rauschen. Gleichzeitig trat Edelor aus den Nebelschleiern heraus und auf einen von der Nachmittagssonne beschienenen Berghang. Direkt vor seinen Pfoten fiel der Boden steil ab, wo der Fluss zum Wasserfall wurde.

»Halt!«, warnte er seine Freunde mit erhobener Pfote. Wenn sich der Nebel nicht in diesem Moment verzogen hätte, wären sie womöglich geradewegs in den Abgrund marschiert.

Erst als er seine Freunde sicher um sich versammelt hatte, schaute er hinunter und sah einen See.

»Irgendetwas stimmt hier nicht«, stellte er fest. »Der Dornbach mündet nicht in einen See. Wo sind wir?«

Flora schlug ihm auf die Schulter. »Keine Sorge, Kleiner. Aus irgendeinem Grund haben wir den Dornbach verfehlt und sind stattdessen nach Norden gegangen. Das da unten ist der Nebelsee.«

»Dann sind wir ja näher am Adlerfels, als wir dachten!« Zum ersten Mal seit Tagen lächelte Kyria wieder.

»Wohin jetzt?«, fragte Rufus.

»Hinunter zum See«, erwiderte Edelor. »Ich denke, wir sollten heute hier bleiben, uns trocknen, ein paar Fische

fangen und ordentlich schlafen. Bis morgen sind wir dann wieder so fit, dass wir es bis zum Adlerfels schaffen.«
Konrad grinste. »Ein ausgezeichneter Vorschlag.«
Nach dem ersten steilen Stück fiel der Hang weniger stark ab. Der Fluss stürzte in einer Reihe kleinerer Wasserfälle hinab in den See. Indem sie vorsichtig Pfote vor Pfote setzten, gelang es Edelor und seinen Kameraden, immer am Rand des Wassers entlang nach unten zu klettern.
Der Nebelsee lag in einer sumpfigen Senke, umgeben von Stechginster und vereinzelten Büschen sowie großen, nackten Felsbrocken. Edelor konnte sich vorstellen, wie trostlos der Ort an einem Wintertag aussah. Doch jetzt, wo die Sonne schien und die alptraumhafte Wanderung durchs Moor zu Ende war, wirkte er geradezu einladend.
Am Fuß des Abhangs führte ein Kieselstrand zum Wasser hinunter. Wortlos ließen Edelor und seine Freunde ihre Rucksäcke von den Schultern gleiten und machten es sich auf dem Kies bequem. Edelor spürte die Sonne durch seinen Pelz dringen; sie trocknete seine Kleider und tat seinen schmerzenden Gliedern gut.
Er döste zufrieden vor sich hin, als er Kyria sagen hörte: »Edelor, die Sonne geht bald unter. Wir müssen unser Lager aufschlagen und uns ums Abendessen kümmern.«
Edelor setzte sich auf. Kyria hatte Recht. Der Nachmittag war schon weit fortgeschritten, und die Sonne würde in einem so tiefen Tal früh untergehen.
Er gähnte und reckte sich und streckte dann eine Pfote aus,

um Rufus zu wecken. Das Eichhörnchen schlief neben ihm, den Schwanz über die Nase gelegt.

»Auf geht's«, sagte Edelor. »Rufus und Konrad, könnt ihr etwas Holz sammeln? Kyria, du bist für das Feuer verantwortlich. Flora, du und ich, wir schauen mal, was wir im See finden.«

Flora war schon auf den Beinen und ging zum Wasser. Edelor hatte sie schon ein paar Mal beim Fischen beobachtet und fragte sich, ob er wohl je so gut werden würde, wie sie es war. Sie schlich am Ufer entlang, bis sie einen Fisch sah, der im flachen Wasser stand. Dann tauchte sie vorsichtig die Pfote ins Wasser, so, dass der Fisch es nicht merkte, um ihn schließlich ans Ufer zu schaufeln.

Edelor legte sich bäuchlings auf einen überhängenden Felsen, der einen Schatten auf die Wasseroberfläche warf. Als er sich über den Rand beugte, sah er eine dicke Forelle fast reglos auf dem Kieselbett des Flusses stehen. Doch als er die Pfote ins Wasser tauchte, schlug der Fisch mit dem Schwanz und verschwand.

Verärgert schaute Edelor sich um und sah, dass Flora, die ein Stück weiter am Ufer entlanggegangen war, bereits zwei Fische gefangen hatte. Er war entschlossen nicht mit leeren Pfoten zum Lager zurückzukommen.

Er beugte sich erneut über den Rand und sah wieder einen Fisch im Schatten des Felsens stehen. Es war eine riesige Forelle, so groß, dass er zunächst dachte, es sei ein Hecht. So vorsichtig er konnte, tauchte er die Pfote ins Wasser. Die

Flossen der Forelle zitterten, doch sie schwamm nicht weg. Edelor tauchte seine Pfote tiefer hinein, bis er sie unter den Fisch schieben konnte. Er spürte die kalten Schuppen, doch als er den Fisch aus dem Wasser heben wollte, verlor er das Gleichgewicht, rutschte vom Felsen und saß bis zur Taille im See.

Er hörte Flora rufen und rappelte sich wütend auf. Sie kam zu ihm gerannt, während sein Fisch direkt an der Wasseroberfläche mit den Flossen schlug und sich wand. Er packte ihn, und da war auch schon Flora zur Stelle, um ihn mit ihrem Messer zu töten.

»Du bist ein prächtiger Angler, wirklich«, gluckste sie. »Aber es hat niemand gesagt, dass du zu ihnen reinspringen sollst.«

Sie ging noch einmal zurück, um ihren eigenen Fang zu holen, während Edelor seine Forelle ins Lager trug. Konrad und Rufus hatten inzwischen einen riesigen Haufen trockenen Ginster und abgebrochene Äste gesammelt. Kyria hatte ein Feuer entfacht, und in einem der Töpfe kochte bereits Wasser.

»Wunderbar!«, lobte sie, als Edelor seinen Fang neben sie auf den Boden legte. »Davon werden wir alle satt.«

Edelor versuchte nicht zu stolz auszusehen. Er schaute zu, wie Kyria den Fisch mit einem Messer der Länge nach aufschlitzte. Als sie halb durch war, schien das Messer auf ein Hindernis zu stoßen; es gab ein schabendes Geräusch.

»Was war das?«, fragte er.

»Keine Ahnung. Entweder der Fisch hat extrem harte Gräten, oder . . .«
Sie stach mit dem Messer in den Fisch, und Edelor beobachtete überrascht, wie sie aus dem Magen einen Stein zu Tage förderte. Es war ein glatter, eiförmiger Stein von der Farbe einer Regenwolke und so groß, dass Edelor sich kaum vorstellen konnte, wie der Fisch ihn verschluckt haben sollte.
»Der muss ihn ziemlich gedrückt haben«, stellte Kyria fest.
Als sie den Stein wegwarf, hörte man ein klapperndes Geräusch. Rufus hob ihn wieder auf und schüttelte ihn. Erneut hörte man das Klappern.
»Ein Adlerstein!«, rief er.
Er schaute hinauf in den Himmel, als erwarte er einen der uralten Vögel über sich in der Luft stehen zu sehen.
»Was ist ein Adlerstein?«, fragte Edelor.
Rufus schüttelte den Stein erneut. »Da hörst du's. Ein hohler Stein, in dem ein zweiter Stein eingeschlossen ist. Es gibt alte Lieder und Geschichten über sie. Sie sollen Böses aufdecken können.«
»Dann brauchen wir ihn nicht«, meinte Flora, die dazugekommen war und jetzt ihren Fang auf den Boden warf. »Wir wissen, wie das Böse aussieht. Wie Eulen.«
Konrad betrachtete den Stein, den Rufus in den Pfoten hin und her drehte. »Was tut der Stein, wenn er Böses spürt?«

»Ich weiß es nicht.«
Der Wolf schaute noch genauer hin. »Wäre doch ganz interessant, es herauszufinden, oder?«
»Nichts als Ammenmärchen«, entgegnete Kyria. »Flora hat Recht. Wir wissen, was wir zu tun haben, und ein Stein wird uns dabei sicherlich nicht helfen.«
»Man kann nie wissen«, sagte Rufus dickköpfig.
Er stand auf und ging mit dem Stein ans Wasser, wo er sich hinkauerte und ihn abwusch.
Edelor folgte ihm. »Glaubst du, dass an diesen Geschichten etwas dran ist?«
»Ich weiß es wirklich nicht. Aber denk dran – noch vor wenigen Wochen hätten wir behauptet, dass an der Legende von den Adlern nichts dran sei. Und jetzt sind wir auf dem Weg zum Adlerfels.«
Er zog den Stein aus dem Wasser. Der sah jetzt noch dunkler aus, fast durchscheinend, als sei er aus Glas. Einen Augenblick lang fragte Edelor sich, ob das Glitzern, das er sah, das Sonnenlicht war, das sich im Wasser spiegelte, oder ob es aus dem Innern des Steins kam.
»Du hast Recht«, meinte er, »wir sollten ihn behalten.«
»Er gehört dir.« Rufus hielt ihm den Stein hin. »Du hast den Fisch gefangen.« Die Sonne trocknete den Stein, und Edelor beobachtete, wie das Glitzern erlosch und er wieder glatt und grau wurde wie zuvor.
»Dann steck ihn für mich ein«, bat er. »Aber hoffen wir, dass wir ihn nicht brauchen.«

»Das hoffe ich auch«, sagte Rufus ernst, als sie das Seeufer hinaufstiegen und zu den anderen zurückgingen. »Aber ich fürchte, dass uns noch eine Menge Böses begegnen wird, bevor das hier vorbei ist.«

6. Kapitel

Edelor öffnete die Augen und blinzelte verschlafen. Das bleiche Licht des frühen Morgens färbte bereits den Himmel, doch die Sonne war noch nicht aufgegangen. Ihm war kalt, und er war steif vom Schlafen auf dem harten Boden, und die Kiesel vom Seeufer drückten überall.

Einige Minuten lag er nur still da. Er bildete sich ein, dass ein ungewohntes Geräusch ihn geweckt hatte, war sich zunächst jedoch nicht sicher, was es war. Dann hörte er es wieder, über dem leisen Plätschern des Sees und entferntem Vogelgezwitscher: ein leises, rhythmisches Dröhnen, das langsam lauter wurde.

Edelor setzte sich auf und rieb sich den Schlaf aus den Augen. Als er über den grauen See schaute, sah er einen weiß-goldenen Raddampfer in ihre Richtung kommen. Das Rad ließ das Wasser aufschäumen, und aus dem Kamin stiegen Rauchwolken. Er sprang auf. »Die *Flusskönigin!*«, rief er.

Von seiner Stimme aus dem Schlaf gerissen, begannen seine Freunde sich zu regen und setzten sich auf. »Was ist denn los?«, fragte Kyria verdrossen; Flora brummte irgendetwas vor sich hin, und Rufus schlug einfach den Schwanz über die Augen und legte sich wieder hin. Nur Konrad stand auf und trat zu Edelor.

»Die *Flusskönigin«,* sagte er. »Ich habe schon von diesem wunderbaren Schiff gehört, mein Freund, aber gesehen habe ich sie noch nie.«

»Sie war zum Mittsommermarkt in Kreuzwasser«, erzählte Edelor. »Kapitän Tafftau scheint mir ein patentes Tier zu sein. Irgendwann möchte ich einmal nach Weißenhafen und zuschauen, wie so ein Schiff gebaut wird.«

Er hörte ein leises Tapsen hinter sich; Kyria trat zu ihnen. »Wollen wir sie nicht auf uns aufmerksam machen?«, schlug sie vor. »Vielleicht können sie uns etwas von ihrem Proviant abgeben. Bis zum Adlerfels ist es immer noch weit.«

Inzwischen war die *Flusskönigin* so nah herangekommen, dass Edelor Kapitän Tafftau erkannte, der in seiner schmucken weißen Uniform am Ruder stand.

Edelor winkte. »Ahoi, *Flusskönigin!«,* rief er. »Ahoi! Hier sind wir!«

Der Kapitän hörte ihn. Er winkte zurück und zog an irgendetwas neben dem Ruder. Ein schrilles Pfeifen ertönte. Dann drehte Tafftau am Ruder, das Schiff beschrieb einen weiten Bogen und pflügte auf die am Ufer stehenden Tiere zu.

Kurz davor hielt es an. Edelor sah, wie ein zur Mannschaft

gehörender Otter den Anker warf, während zwei andere ein kleines Boot zu Wasser ließen. Kapitän Tafftau stieg hinein, und ein weiterer Otter ruderte ihn ans Ufer.

Bis er es erreichte, standen auch Rufus und Flora bei den anderen. Der Kapitän sprang aus seinem Boot und schüttelte rundum kräftig die Pfoten. Seine dunklen Augen glänzten und sein Gesicht mit den Schnurrhaaren strahlte.

»Schön, euch zu sehen«, sagte er. »Aber was macht ihr so weit weg von Kreuzwasser?«

»Wir sind auf dem Weg zum Adlerfels«, antwortete Edelor und hoffte, dass Tafftau keine Erklärung erwartete. Er fühlte sich zu müde, um die ganze, lange Geschichte noch einmal zu erzählen, und obgleich er Tafftau vertraute, fand er, je weniger Tiere von ihrer Mission wussten, desto besser.

Kapitän Tafftau schien überrascht, meinte aber nur: »Das ist noch ziemlich weit.«

»Uns sind in Weidenfurt unsere Vorräte abhanden gekommen«, meldete sich Kyria zu Wort. »Auch dort sind Banditen eingezogen. Meint Ihr, Ihr könntet uns vielleicht etwas von Eurem Proviant abgeben? Wir könnten dafür arbeiten«, fügte sie hinzu. »Und wenn einer aus Eurer Mannschaft krank ist, kann ich versuchen ihm zu helfen.«

»Solche Hilfe brauchen wir zum Glück nicht, Fräulein.« Tafftau tippte sich an die Mütze. »Ihr könnt gern Lebensmittel von uns haben, aber ich glaube, ich kann euch noch etwas Besseres anbieten. Wie wäre es, wenn ich euch zum Adlerfels bringe, an Bord der *Flusskönigin?*«

»Das können wir nicht verlangen –«, wehrte Edelor ab.
»Ihr verlangt es ja nicht. Wir sind hier, um Lotungen vorzunehmen und Karten zu erstellen. Das können wir oben im Adlerstrom so gut wie sonst wo. Außerdem käme uns ein wenig Gesellschaft ganz gelegen. Ich und meine Mannschaft haben es irgendwann satt, immer nur dieselben Gesichter zu sehen, wenn wir auf See sind. Und vielleicht könnte das junge Eichhörnchen uns unterwegs ja mit der einen oder anderen Melodie unterhalten.«
Rufus nickte eifrig.
»Wenn das so ist«, meinte Edelor und schüttelte Tafftaus Pfote ein zweites Mal, »würden wir sehr gern mit Euch kommen. Ihr helft uns mehr, als Ihr glaubt.«

Edelor wusste bald nicht mehr, wie viele Tage sie schon auf der *Flusskönigin* verbracht hatten. Der Raddampfer pflügte in gleichmäßigem Tempo südwärts über den Braunstrom zum Meer und dann an der Küste entlang nach Norden, bis er die Mündung des Adlerstroms erreichte. Danach ging es flussaufwärts Richtung Adlersee.
Kapitän Tafftau und seine Mannschaft gaben ihnen allen das Gefühl, willkommen zu sein. Gleich nachdem sie am ersten Morgen an Bord gekommen waren, versammelten sie sich zum Essen um den polierten Eichentisch im Salon, und der Schiffskoch brachte geräucherten Fisch, frische Haferbrötchen mit Eckernbutter und dampfenden Blaubeersaft. Nachdem sie so lang gehungert hatten, war

es für Edelor das köstlichste Mahl, das er je gegessen hatte.

Auf der Weiterfahrt konnten sie ihre Kleider waschen und ausbessern, ihre Waffen säubern und schärfen und wieder zu Kräften kommen, damit sie für den nächsten Teil ihrer Aufgabe gerüstet waren. Und das Beste war: Der Eulenbaron und seine Diener hatten keine Möglichkeit, sie zu finden.

Als Edelor eines Morgens an Deck kam, spielte Rufus schon auf der Flöte, und Kyria lehnte an der Reling und schaute hinüber zu dem vorbeiziehenden Flussufer.

Als sie Edelor kommen hörte, drehte sie sich um und lächelte ihn an. »Schau«, sagte sie, »die Blätter werden schon bunt. Bald ist der Sommer vorbei.«

Sie hatte Recht. Zwischen dem saftigen Grün der Bäume und Büsche entdeckte er die ersten goldenen Tupfer. Plötzlich durchzuckte ihn wie ein scharfer Schmerz die Sorge darum, wie die Dinge wohl in Kreuzwasser standen und was der Eulenbaron machte.

Er ging hinüber zu Tafftau, der am Ruder stand. »Wie weit ist es noch bis zum Adlerfels?«

»Nicht mehr weit«, antwortete Tafftau. »Schau.«

Er wies nach vorn. Die Flussufer wurden niedriger, ein Zeichen dafür, dass sie sich dem See näherten, und vor sich sah Edelor schon einen breiten Wasserstreifen. In der Ferne ragte ein Berg auf. Die unteren Hänge waren noch mit Bäumen bewachsen; aus dem Grün stieg ein Fels auf, grau und bedrohlich, mit Felsplateaus und Vorsprüngen. Er verjüngte sich zu einem Gipfel, der sich in den Himmel zu bohren schien.

»Der Adlerfels«, sagte Tafftau.

»Aber da kommen wir doch nie hinauf!« Noch während Edelor es sagte, wusste er, dass sie es wenigstens versuchen mussten. Ausgeschlossen, dass sie den ganzen Weg zurückgelegt hatten, nur um dann wieder nach Hause zu gehen, ohne die Geheimnisse der Adler gelüftet zu haben.

Den ganzen Tag fuhren sie über den See, vor sich immer den Adlerfels. Je näher sie kamen, desto größer und bedrohlicher schien er zu werden.

Am späten Nachmittag erreichten sie den Fuß des Felsens. Edelors Kameraden lehnten allesamt an der Reling und verfolgten, wie Kapitän Tafftau die *Flusskönigin* in eine Bucht steuerte.

Ein Landungssteg ragte in den See. Die Steine bröckelten schon ab, da sie alt und lange nicht benutzt worden waren, und in den Ritzen wuchsen Pflanzen, doch es gab immer noch Pfosten, an denen der Raddampfer festmachen konnte. Am hinteren Ende der Mole war ein großer, mit Steinplatten ausgelegter Platz, von dem aus eine steinerne Treppe hinaufführte in die Büsche am Fuß des Felsens.

»Schaut, es gibt einen Weg hinauf«, rief Edelor und zeigte mit der Pfote. »Dann wird der Aufstieg vielleicht doch nicht ganz so mühsam.«

»Aber Adler und Falken können fliegen«, wandte Rufus ein. »Wozu brauchten sie eine Treppe?«

»Nicht alle Untergebenen des Großkönigs waren Vögel«, erklärte Konrad. »Einen Großteil seines Horsts haben zum Beispiel die Dachse gebaut. Und die Händler brachten ihre Waren über diese Treppe hinauf.«

Edelor schaute den Wolf an. In den Tagen nach ihrem Kampf gegen den Nebel hatte er kaum mehr an sein Misstrauen gegenüber Konrad gedacht. Jetzt erwachte es wieder. Woher wusste er so viel über die Lebensweise der Adler?

»So hat es der Eulenbaron gesagt«, fügte Konrad hinzu, als wüsste er, was Edelor durch den Kopf ging. »Die Adler herrschten über das gesamte Quellenland, und jedes Lebewesen im Land war ihr Untertan. Ist doch logisch, oder?«

Während er sprach, erstarben die Motoren der *Flusskönigin,* und der Dampfer schaukelte sacht an der Vertäuung. Kapitän Tafftau kam zu ihnen herüber.

»Ich schlage Folgendes vor«, sagte er mit einem herzlichen Lächeln. »Es ist bereits später Nachmittag. Wenn ihr jetzt loszieht, müsst ihr die Nacht im Fels verbringen. Schlaft noch eine Nacht an Bord, und macht euch morgen früh auf den Weg.«

Edelor schaute den Felshang hinauf. »Über die Treppe könnten wir den Gipfel wahrscheinlich an einem Tag erreichen«, meinte er. »Dann einen Tag zum Suchen und einen Tag für den Abstieg.«

»Das heißt, ihr braucht Verpflegung für drei Tage«, sagte der Kapitän. »Wir machen derweil weiter mit unseren Lotungen und holen euch anschließend wieder hier ab.«
»Ihr habt bereits genug für uns getan«, protestierte Kyria.
»Das ist doch gar nichts.« Tafftau lächelte sein strahlendes Lächeln. »Von hier aus fahren wir nach Weißenhafen, da liegt Kreuzwasser doch auf dem Weg. Was sagt ihr dazu?«
Edelor nahm das Angebot dankbar an.
Kyria und Flora gingen mit Tafftau, um zusammenzusuchen, was sie für den Aufstieg brauchten, während Konrad in eigener Sache unter Deck verschwand. Edelor und Rufus blieben an der Reling stehen.
»Edelor«, begann Rufus, »in einer alten Sage heißt es, dass du, wenn du ins Wasser des Adlersees schaust, deine Zukunft siehst.«
Edelor lachte. »Ich kenne meine Zukunft. Ein langer, beschwerlicher Aufstieg, und auf dem Gipfel lauert womöglich Gefahr.«
Rufus zögerte, dann sagte er verlegen: »Ich würde gern hineinschauen, Edelor. Kommst du mit?«
Er schaute Edelor so aufgeregt an, dass dieser nicht das Herz hatte, sich über ihn lustig zu machen. Außerdem musste er zugeben, dass Rufus, was die alten Geschichten betraf, Recht hatte. So viele stellten sich als wahr heraus; vielleicht konnten sie auch aus dieser etwas lernen.
»In Ordnung«, sagte er, »geh voraus. Aber egal, was du tust, erzähl Flora nichts davon!«

Die Otter hatten eine Planke vom Schiff zum Landungssteg gelegt. Edelor und Rufus gingen darüber und dann hinunter zum Rand des Wassers. Edelor hatte die Hand am Griff seines Schwertes, falls irgendetwas Unschönes sie aus den Büschen anspringen sollte. Es konnte hier an diesem abgelegenen Ort unfreundliche Wesen geben, die mit dem Eulenbaron nichts zu tun hatten.

Die Nachmittagssonne färbte sich schon langsam rot und glänzte auf der Oberfläche des Sees. Als Edelor sich vorbeugte und in das sich kräuselnde Wasser schaute, sah er nichts außer tanzenden Lichtpunkten. Sie blendeten ihn, und er wandte sich ab.

Als er blinzelnd wieder aufschaute, sah er Rufus, der ihn mit glänzenden Augen ansah. »Was ist los?«, fragte er. »Was hast du gesehen?«

»Edelor . . .« Die Stimme des Eichhörnchens zitterte. »Edelor, ich habe dich mit einer Sternenkrone auf dem Kopf gesehen!«

7. Kapitel

»Mit einer Sternenkrone auf dem Kopf?«, wiederholte Edelor. Er hatte plötzlich ein ungutes Gefühl. »Was meinst du damit?«

»Ich – ich weiß es nicht.«

»Es wird das Sonnenlicht auf dem Wasser gewesen sein, weiter nichts.«

Rufus nickte, sah jedoch nicht überzeugt aus.

»Pass auf.« Edelor wurde langsam ärgerlich, versuchte aber es nicht zu zeigen. »Fang jetzt nicht an zu glauben, dass an mir etwas Besonderes sei. Ist es nämlich nicht.«

»Du hast mir das Leben gerettet«, sagte Rufus, »und du hast das Dorf gerettet.«

Edelor zuckte mit den Schultern. Zu seinem Ärger kam jetzt noch Verlegenheit. »Das war reines Glück. Ich war zur richtigen Zeit am richtigen Ort. Und bevor du dir noch andere verrückte Sachen zusammenreimst«, fuhr er fort, als Rufus protestieren wollte, »denk dran: Ich habe versucht das Horn zu blasen, und es ging nicht.« Er zwang sich zu einem Lächeln. »Ehrlich, Rufus, ich will kein Held sein!«

Rufus schaute auf seine Pfoten hinunter und antwortete nicht.
Edelor legte ihm den Arm um die Schultern. »Kopf hoch«, sagte er. »Bald finden wir den wirklichen Erben der Adler, dann kommt alles wieder in Ordnung.«
Er ging voraus zur *Flusskönigin*. Als sie über die Planke gingen, bat er: »Rufus, du sagst den anderen aber nichts von dem, was du glaubst gesehen zu haben, ja?«
»Ich sage nichts – wenn du es nicht willst.«
»Lieber nicht.« Edelor wollte nicht näher auf sein ungutes Gefühl eingehen. Er konnte es sich ja selbst kaum erklären. Aber er war ziemlich sicher, dass das Eichhörnchen, selbst wenn es nicht darüber redete, nicht vergessen würde, was es im Adlersee gesehen hatte.

Am nächsten Morgen machten sich Edelor und seine Freunde früh auf, um den Adlerfels zu besteigen. Anfangs war es nicht schwer, die Treppe zu finden, die sich zwischen den Bäumen hindurch den steilen Hang hinaufschlängelte. Im Lauf der Jahre hatten sich zwar Berge von Laub und Zweigen darüber angehäuft, doch es gab Anzeichen dafür, dass ein Teil davon vor kurzem weggeräumt worden war.
»War das der Eulenbaron?«, fragte Edelor Konrad und zeigte auf eine Stelle, wo die Blätter weggefegt worden war, sodass der Stein zu sehen war.
Konrad zuckte mit den Schultern. »Vielleicht. Oder sonst

jemand, der auf dem Berg wohnt. Ich würde die Pfote immer auf dem Schwertgriff liegen lassen, mein Freund.«

Genau das hatte Edelor auch schon gedacht, doch während sie in gleichmäßigem Tempo weiter aufstiegen, begegneten sie niemandem und hörten nichts außer dem Ruf versteckter Vögel. Mit der Zeit entspannte sich Edelor. Ob dieser Teil ihrer Reise tatsächlich einfacher sein sollte, als es zunächst ausgesehen hatte?

Am späten Vormittag erreichten sie die Baumgrenze. Von hier ab schlängelte sich die Treppe steil zwischen Felsen hindurch; hier und da wurzelte ein verkrüppelter Busch in den Spalten, und wo noch ein wenig Erde war, wuchs spärliches Gras. Eine frischer Wind wehte.

Rufus schauderte. »Weshalb haben sich die Großkönige ausgerechnet diesen Berg für ihren Horst ausgesucht, wenn ihnen das ganze Quellenland offen stand?«

»Aber, mein junger Freund«, meinte Konrad, »für einen Adler ist das hier herrlich!« Mit einer weit ausholenden Geste zeigte er auf den Ehrfurcht gebietenden Gipfel über sich. »Fels zur Verteidigung, Höhe für die Weitsicht und Wind unter den Flügeln!«

Kyria schnaufte. »Aber wir sind keine Adler. Wir kommen hier nur auf unseren Pfoten hoch.«

Sie stiegen weiter. Es dauerte nicht lang, bis Edelor die Pfoten weh taten und das Vorankommen immer mühsamer wurde. Sein Rucksack schien doppelt so schwer zu sein wie zu Anfang. Wenn er nach oben schaute, schien der graue Fels überhaupt kein Ende nehmen zu wollen. Doch wenn er nach unten schaute, war der Wald, den sie hinter sich gelassen hatten, nur noch eine grüne Spitzenborte um den Berg herum, und die *Flusskönigin* war zu einem hellen Fleck geschrumpft, der langsam über den See kroch.

Edelor klammerte sich an den Fels. Einen Moment lang kam es ihm so vor, als wanke der ganze Berg. Er hatte das Gefühl, als wollte der Wind ihn mit sich fortreißen. Er kniff fest die Augen zusammen, und nachdem er es gewagt hatte, sie wieder zu öffnen, hielt er den Blick stur auf die Stufen vor sich gerichtet.

Um die Mittagszeit machten sie Rast; sie aßen zusammengekauert unter einem überhängenden Felsen, der ihnen etwas Schutz bot vor dem Wind. Sie waren alle müde, doch die Felslandschaft war zu kalt und trostlos, als dass sie sich hier lange hätten ausruhen wollen.

Bald machten sie sich wieder auf den Weg. Edelor ging voraus über einen Sims am Fuß einer steil aufragenden Felswand, als er plötzlich stehen blieb. Vor ihm führte die Treppe wieder nach oben, doch es waren nur noch ein paar Stufen da, der Rest war weggebrochen. Eine Geröllhalde trennte sie von der Stelle, an der die Treppe weiterging, hoch über ihren Köpfen.

»Was ist los?«, fragte Kyria hinter ihm.

»Komm, und schau es dir an.«

Kyria arbeitete sich über den schmalen Sims, bis sie Edelor

über die Schulter schauen konnte. »Und was machen wir jetzt?«

»Keine Ahnung«, erwiderte Edelor. »Ich sehe keine Möglichkeit, da hinaufzukommen.«

Er drehte sich um und erklärte den anderen, die sich hinter ihm auf dem schmalen Sims aufgereiht hatten, die Lage. Einen Augenblick lang sahen sie sich an und fragten sich bestürzt, ob sie nach all der Plackerei nun womöglich zurückgehen und einen anderen Weg suchen oder sogar ganz aufgeben mussten.

Dann wagte sich Rufus so weit auf dem Sims vor, dass er die Geröllhalde, die sie überbrücken mussten, sehen konnte. »Edelor«, sagte er, »du hast doch ein Seil, oder?«

»Ja, aber wie soll uns das jetzt helfen?«

»Ich komme bestimmt hinauf. Ich kann das Seil an etwas festbinden und dann –«

»Du bist verrückt!«, protestierte Kyria. »Erwarte nicht, dass ich dich zusammenflicke, wenn du dir den Hals brichst.«

»Eichhörnchen wissen, wie man klettert«, meinte Rufus verlegen. »Ich kann das.«

Edelor zögerte. Bisher hatte er, soweit es in seiner Macht stand, versucht das junge Eichhörnchen nicht in Gefahr zu bringen. Doch vielleicht standen sie jetzt vor einem Problem, das nur Rufus lösen konnte.

»In Ordnung«, sagte er langsam. Er setzte seinen Rucksack ab und holte das Seil heraus. »Binde ein Ende an deinen

Gürtel. Ich halte das andere Ende, dann kann ich dich wieder hochziehen, wenn du fällst.«

Rufus nickte. Auch er zog seinen Rucksack ab und ließ Edelor das Seil an seinen Gürtel knüpfen. Dann begann er die Geröllhalde hinaufzuklettern.

Steine lösten sich unter seinen Hinterpfoten, polterten abwärts und verschwanden über dem Rand des Felsvorsprungs. Wenn Rufus abrutschte, was gelegentlich passierte, begann Edelors Herz zu hämmern, und er umklammerte das Seil noch fester. Doch das Eichhörnchen kraxelte weiter. Da es zierlich war und ein ausgezeichneter Kletterer, kam es schnell voran. Früher als Edelor zu hoffen gewagt hatte, zog Rufus sich auf die Treppe. Er drehte sich um, winkte, löste das Seil um seine Taille und knüpfte es um eine Felsnase.

Edelor winkte zurück und atmete aus – er hatte gar nicht gemerkt, dass er die Luft angehalten hatte.

Kyria grinste. »Ich nehm alles zurück.«

Edelor band seinen Rucksack und den von Rufus ans Seil und ließ beide von dem Eichhörnchen hinaufziehen. Dann band sich Kyria das Seil um die Taille und zog sich zur sicheren Treppe hoch, Vorderpfote über Vorderpfote das Seil hinauf und mit den Hinterpfoten im Geröll tastend.

Als Flora ebenfalls oben angekommen war und das Seil wieder heruntergeworfen hatte, gab Edelor es an Konrad weiter. »Du bist dran.«

Konrad lächelte breit. »Mit dir unterwegs zu sein ist nie langweilig, mein Freund.«
Er band sich das Seil um und kletterte los. Edelor bückte sich und sammelte die übrigen Rucksäcke zusammen, weshalb er nicht genau sah, was passierte. Er hörte nur einen Schrei von Konrad und noch einen von Rufus oben auf der Treppe. Edelor schaute hoch, sah das Seil frei in der Luft baumeln und Konrad hilflos die Geröllhalde herunterrutschen, direkt auf den Abgrund zu.
Ohne zu überlegen, warf er sich nach vorn. Es gelang ihm, die Pfote des Wolfs zu packen, sodass dieser nicht mehr weiterrutschte, aber auf den losen Steinen fand Edelor keinen Halt, um ihn heraufzuziehen.
Konrads gesundes Auge war vor Schreck weit aufgerissen. »Nein!«, keuchte er. »Lass los, mein Freund, du kannst mir nicht helfen.«
»Das werden wir ja sehen«, murmelte Edelor grimmig.
Aber er ahnte, dass der Wolf Recht hatte. Noch während er sprach, spürte er, wie unter ihm etwas nachgab. Sie begannen wieder zu rutschen; der Simsrand war sehr nah, und darunter war nichts als Leere.
Dann schlug Edelor etwas gegen die Schulter. Er ließ eine von Konrads Pfoten los und tastete herum, bis er das Seil spürte, das Rufus zu ihnen heruntergeworfen hatte, und es packen konnte. Konrad griff ebenfalls danach, und Edelor spürte den Ruck, als es ihrer beider Gewicht aufnahm.

Er fragte sich kurz, ob es sie wohl beide tragen würde, doch jetzt war keine Zeit zum Grübeln.
»Los – hinauf mit dir!«, sagte er zu Konrad.
Der Wolf tat, wie ihm geheißen war, und zog sich die Geröllhalde hinauf. Edelor spürte, wie das Seil sich spannte. Der Wolf trat mit seinen Stiefeln Steine und Geröll los, die auf ihn herabregneten, sodass er die Augen schließen musste. Er blieb stehen, wo er stand, und umklammerte das Ende des Seils, bis das Rucken und der Steinregen aufhörten. Als er die Augen wieder öffnete, sah er, wie Kyria und Rufus Konrad vollends zu der sicheren Treppe hinaufzogen.
Edelor kroch über das Geröll zur letzten intakten Stufe zurück. Es waren immer noch drei Rucksäcke hinaufzubefördern, und er hatte nicht vor sie zurückzulassen. Erst als auch der letzte oben angekommen war, kletterte er selbst hinauf. Diese Verzögerung hatte ihm Gelegenheit gegeben, sich zu beruhigen. Der Gedanke daran, wie nah er und Konrad dem Tod gewesen waren, hatte ihn am ganzen Körper zittern lassen.
Als er die obere Treppe schließlich erreichte, erwartete Konrad ihn mit einer tiefen Verbeugung. »Hochherziger Marder, ich verdanke dir mein Leben.«
Edelor wurde ganz verlegen. »Auch wir verdanken dir viel«, sagte er. »Du hast uns in Weidenfurt geholfen und auch noch danach.«
Konrad zuckte die Achseln. »Schon möglich, aber ich habe

nicht mein eigenes Leben aufs Spiel gesetzt wie du. Das werde ich dir nie vergessen. Ich werde immer in deiner Schuld stehen, mein lieber Freund.«

Edelor schaute die anderen hilflos an. Kyria und Flora lächelten, und Rufus' Augen strahlten vor Bewunderung.

Sie vertrauen mir alle, dachte er, stolz und demütig zugleich. Ob es mir wohl gelingt, sie nicht zu enttäuschen und uns alle heil da durchzubringen?

Der Adlerfels mit seinen kahlen Wänden und der wolkenlose Himmel darüber gaben ihm keine Antwort darauf.

Die Strahlen der untergehenden Sonne badeten die Felsen in rotem Licht, als die Treppe eine letzte Windung machte

und an einer in den Fels gehauenen Plattform endete. Edelor stieg rasch die letzten Stufen hinauf und wartete dann keuchend auf seine Freunde.
Ein großer, an drei Seiten von Fels umgebener Burghof war in den Berg gemeißelt worden. Am hinteren Ende sah Edelor einen Torbogen, breit genug, dass vier oder fünf Tiere nebeneinander hindurchgehen konnten. Dahinter führte ein Durchgang in den Berggipfel selbst. Reste von rostigem Metall an beiden Seiten des Bogens ließen darauf schließen, dass hier früher einmal ein Tor gewesen war.
Einen Moment lang war Edelor ganz verzagt. Auch jetzt noch, als Ruine, zeugte der Horst der Großkönige von einer Größe und Pracht, auf die er nicht vorbereitet gewesen war.
»Edelor!« Rufus war inzwischen ebenfalls heraufgekommen und zupfte ihn am Ärmel.
»Ja – was ist?«
»Schau dir doch die Spitze des Bogens an.«
Edelor schaute zu der Stelle, auf die Rufus zeigte. In den Schlussstein des Bogens war ein Adler gemeißelt, mit vorgerecktem Kopf und ausgebreiteten Flügeln, als wollte er gleich davonfliegen. Um den Hals trug er eine Kette.
»Na ja«, meinte Edelor, »in Stein gemeißelte Adler kann man im Horst der Großkönige wohl erwarten, oder?«
»Überleg doch mal!« Rufus war ganz aufgeregt. »Hast du das Horn vom Adlerfels vergessen? Das muss der Kopf aus Stein sein, von dem in der Prophezeiung die Rede ist!«

8. Kapitel

»Was soll das sein?«, fragte Konrad.

»Es geht um die Prophezeiung auf dem Horn vom Adlerfels«, erinnerte Rufus ihn. »Sie soll voraussagen, wer der Erbe der Adler ist, und der entsprechende Vers geht so:

Deine Stimme vernimmt der Kopf aus Stein
Und er flüstert dir seine Geheimnisse ein.«

»Aber Steine können weder hören noch sprechen«, wandte Flora ein.

»Dieser hier vielleicht schon«, meinte Rufus. Sein Blick huschte zu Edelor. »Warum versuchst du es nicht einmal, Edelor?«

»Rufus, ich bitte dich!« Edelors Ärger wegen Rufus' verschrobener Ideen war wieder da.

»Los, versuch es«, sagte da auch Kyria. Die Sache schien sie zu amüsieren. »Aber dass du mir auch ja höflich zu ihm bist!«

Edelor holte tief Luft. «In Ordnung. Aber dann gebt ihr euch bitte zufrieden, damit wir endlich das tun können, weshalb wir hierher gekommen sind.« Er legte eine Hand auf die Brust und verbeugte sich vor dem Steinadler. »Großer Adler«, sagte er, »bitte sagt uns, wo wir Euren Erben finden können.«

Nichts passierte. Der steinerne Kopf rührte sich nicht und sagte auch nichts. Rufus schien enttäuscht.

»So, das hätten wir hinter uns«, sagte Edelor. »Jetzt sollten wir endlich hineingehen und uns umschauen.«

»Es ist bald dunkel«, gab Kyria zu bedenken. »Ich schlage vor, wir suchen uns einen Platz zum Schlafen und schauen uns dann morgen gründlich um.«

»Eine ausgezeichnete Idee!«, lobte Konrad.

»Jawohl. Und Abendessen gibt's auch gleich. Ich fühle mich schon ganz schwach«, sagte Flora.

Edelor ging voran durch den Bogen und über den anschließenden Gang hinein in den Berg. Er gab den anderen ein Zeichen, leise zu sein, und lauschte angestrengt, falls der Eulenbaron oder einige seiner Diener hier sein sollten. Doch das einzige Geräusch war das Tap-Tap ihrer eigenen Pfoten auf dem Steinboden. Er, Konrad und Flora zogen ihre Schwerter.

Licht kam durch Schlitze, die über ihren Köpfen in die Decke geschnitten worden waren. Auf beiden Seiten des Ganges waren Türöffnungen mit Bögen; bei einigen hingen die mit Eisennägeln beschlagenen Eichentüren noch in den Angeln, bei anderen waren die Türen zusammengefallen, und bei wieder anderen fehlten sie ganz.

Edelor schaute im Vorbeigehen in die Räume hinein und sah, dass die meisten große Bogenfenster hatten, was, wie er annahm, den Vögeln das Kommen und Gehen erleichtert hatte.

Schließlich kamen sie an eine Stelle, wo der Gang sich teilte und nach rechts und links weiterging. Direkt vor ihnen war eine massive, zweiflügelige Tür.

»Was sich dahinter wohl verbirgt?«, fragte Kyria und drückte gegen einen der Türflügel.

Edelor sagte noch »Nein –« und streckte eine Pfote aus, um sie daran zu hindern, für den Fall, dass eine Gefahr dahinter lauerte, doch es war zu spät. Die Tür schwang auf.

Edelor gab den anderen ein Zeichen, zurückzubleiben, und ging hinein. Das, was er sah, ließ ihn ehrfürchtig innehalten. Vor ihm lag eine riesige Halle. Am gegenüberliegenden Ende stand ein Podest mit einem gewaltigen Thron, dessen Vorderseite zu ihm zeigte. Zu beiden Seiten waren Fenster, durch die man den Himmel sah.

Der Thron war aus poliertem schwarzem Stein und glänzte matt im nachlassenden Licht. In die Mitte der Rückenlehne war ein Flügelpaar eingemeißelt, und zwischen den beiden Flügeln war ein Smaragd eingelassen. Einen so herrlichen Stein hatte Edelor noch nie gesehen. Er schien alles Licht in der Halle in sich zu sammeln und in leuchtend grünen Strahlen wieder abzugeben.

Zu beiden Seiten der Halle standen weitere Sessel aus demselben Stein wie der Thron und jeweils mit einem eingemeißelten Flügelpaar in der Rückenlehne, doch ohne Edelsteine. Über den Sesseln hingen alte Waffen an den Wänden: gekreuzte Schwerter, lange Speere mit einem Federring am Schaft, Streitkolben mit spitzen Dornen und Streitäxte.

Die anderen drängten sich hinter Edelor in die Halle.

»Das muss der Thronsaal der Großkönige gewesen sein«, flüsterte Rufus. »Er ist ja riesig! Stellt euch bloß mal vor, wie das gewesen sein muss, wenn alle Adler hier Rat hielten.«

Einen Augenblick lang schien es Edelor, als höre er überall das Rascheln von Flügeln. Fast sah er die Reihen der königlichen Adler vor sich, die sich versammelt hatten, um ihrem Großkönig zu huldigen. Er schauderte in der kalten Brise, die durch die Fenster hereinwehte.

»Die Nacht wird kalt«, stellte Kyria fest, »und dunkel wird es auch schon. Lasst uns die Laternen anzünden.«

Sie zog ihren Rucksack ab und band die Laternen los, die Tafftau ihnen mitgegeben hatte. Während sie in ihren Sachen nach einem Feuerstein und Zunder suchte, um sie anzuzünden, ging Edelor ans andere Ende der Halle und schaute aus einem der Fenster. Er stellte fest, dass es nach Osten zeigte, über das Quellenland. Die Dämmerung war hereingebrochen, und unter ihm waren nur dunkle Schatten zu erkennen. Er fragte sich, wie weit man wohl bei Tageslicht sehen konnte?

Hinter ihm flackerte das gelbe Licht einer Laterne auf, und

sofort schien die Nacht draußen noch dunkler zu werden. Er wandte sich wieder der Halle zu. Kyria hatte angefangen das Essen auszupacken, während Konrad und Flora an der Wand entlanggingen, dabei die zweite Laterne hochhielten und auf die aufgehängten Waffen zeigten.
Er hörte Flora sagen: »Ich hätte gern mal so eine Streitkeule in der Pfote. Eine herrliche Waffe für eine Kriegerin.«
In der Nähe der Tür, durch die sie gekommen waren, stand Rufus über einen dunklen Schatten auf dem Boden gebeugt. »Edelor! Komm, und sieh dir das an!«, rief er.
Als Edelor näher kam, sah er, dass der dunkle Schatten ein Wandteppich war. Die Haken oben an der Wand, an denen er gehangen hatte, waren verrostet und halb herausgebrochen. Rufus zog an einer Ecke des Teppichs, um ihn flach auszubreiten, und hustete in den Staubwolken, die er aufwirbelte.
Als Kyria merkte, was das Eichhörnchen vorhatte, brachte sie die Laterne herüber. In ihrem Licht sah Edelor, dass eine Ecke des Teppichs eine Schlacht über einem See zeigte. Ein Trupp Adler stürzte sich auf einen schwarzen Drachen, der aus dem Wasser aufzusteigen schien.
»Das muss die letzte Schlacht der Adler gewesen sein«, sagte Rufus.
»Aber das verstehe ich nicht«, überlegte Kyria laut. »Ich dachte, keiner der Adler sei aus dieser letzten Schlacht zurückgekehrt.«
»Das stimmt schon«, erwiderte Edelor, »aber es lebten noch

andere Tiere hier, die Falken zum Beispiel – erinnerst du dich? – und die Dachshandwerker. Sie müssen den Wandteppich gewebt haben.«
»Und sie haben ihn in einer Halle aufgehängt, die nicht mehr genutzt wurde?« Kyria klang skeptisch. »Ich verstehe es nicht. Trotzdem . . .« Sie ergriff das andere Ende des Teppichs. »Wenn du mir hilfst, können wir ihn vielleicht vor eines der Fenster hängen, damit es nicht so durchzieht.«
Als sie den schweren Stoff auseinander zog, konnten sie das gesamte Bild sehen. Die Schlacht gegen den Drachen nahm ein Drittel des Wandteppichs ein. Die mittlere Partie zeigte einen Fluss, der von oben nach unten floss und in den zahllose Nebenflüsse mündeten. Zwischen den abzweigenden Flüssen waren kleine Darstellungen von Tieren, die aßen, tranken, arbeiteten, schliefen. Edelor hatte den Eindruck, als habe der längst verstorbene Weber das ganze Spektrum des Lebens im damaligen Quellenland aufzeigen wollen.
Der dritte Teil der Darstellung zeigte als Gegenpol zu der Schlachtszene den Adlerfels selbst. Die grauen Felswände hoben sich vor einem blauen Himmel ab. Tiere stiegen die Treppe hinauf.
Edelor spürte, wie sich ihm das Fell aufstellte. Da sagte Rufus auch schon leise: »Seht doch!«
Die Szene war unmissverständlich. Vier Tiere, die den Berg hinaufstiegen: ein Fuchs, eine Wildkatze, ein Eichhörnchen und ein Marder.

»Das sind ja wir«, flüsterte Kyria. »Aber woher konnten die das *wissen?*«
»Zufall«, sagte Edelor. Die Erklärung klang selbst in seinen Ohren dumm.
»Das Ganze ist – eine Art Geschichte«, meinte Rufus. Er stellte sich vor die erste Szene. »Das ist die letzte Schlacht. Und dies hier, der Fluss, stellt die vergehende Zeit dar, das Leben im Lauf vieler, vieler Jahre. Bis dann zum Schluss ... wir kommen. Sie wussten, dass wir kommen.«
»Aber so etwas ist nicht möglich«, widersprach Edelor.
»Die Prophezeiung auf dem Horn ist auch nicht möglich, und doch gibt es sie«, sagte das Eichhörnchen.
Edelor wurde es ungemütlich. Die Prophezeiung bezüglich des Erben der Adler und ihre Mission, ihn ausfindig zu machen, war ja ganz aufregend gewesen. Sie enthielt offenbar ihre einzige Hoffnung, den Eulenbaron zu besiegen. Aber dies hier – sich und seine Freunde in einen Wandteppich gewebt zu sehen, der so alt war, dass keiner sich mehr daran erinnerte, dass er überhaupt angefertigt worden war –, das hing wie eine Drohung über seinem Kopf.
Er wandte sich ab, als Flora und Konrad herüberkamen, um zu sehen, was die anderen sich da anschauten, und ihrerseits in erstaunte Rufe ausbrachen.
Er hörte Flora sagen: »Du bist nicht dabei, Konrad. Warum nicht? Was meinst du?«
Der Wolf lachte. »Mich konnte kein Weber und kein Prophet vorhersehen.«

Edelor ging die Halle hinunter in den Schatten des Throns. Er wollte den Wandteppich nicht länger anschauen und auch nicht mehr darüber reden, doch an diesem Ende der Halle fühlte er sich nicht weniger unwohl. Er hatte das merkwürdige Gefühl, als schaue ihn der Smaragd in der Thronlehne an wie ein grünes Auge.
Müde setzte er sich auf das Podest und stützte das Kinn in die Pfoten. Er wollte seinen Freunden helfen und alles in seiner Macht Stehende tun, damit sein Land ein sicherer Ort blieb. Er hatte gewiss nicht darum gebeten, in alte Legenden hineingezogen zu werden. Er wollte kein Held sein.
Als er so dasaß, müde und mutlos, fiel sein Blick auf einen kleinen Gegenstand, der auf dem Boden vor seinen Hinterpfoten lag. Er hob ihn auf und versuchte in der Dunkelheit zu erkennen, was es war. Als ihm klar wurde, was er da in der Pfote hielt, ließ er es fallen und wischte sich die Pfote an der Jacke ab.
Es war ein kleiner Ball aus Fellresten und Knochen, eng zusammengerollt. Ein Eulengewölle. Das, was Eulen von ihrem Fressen nicht verdauen können. Und es war frisch. Eulen waren hier gewesen, und das war noch nicht lange her.

9. Kapitel

Der Steinboden in der Halle war hart und kalt, und Edelor schlief unruhig. Noch kälter wurde ihm bei dem Gedanken an das Eulengewölle. Er fragte sich, ob es wohl vom Eulenbaron selbst stammte oder von einem seiner Untergebenen und ob die Eule, die es hier ausgewürgt hatte, wohl wieder zum Adlerfels zurückkommen würde.

Gleichzeitig machte er sich Sorgen über das, was vor ihnen lag. Konnten sie überhaupt frei entscheiden, oder war alles, was sie taten, von einer uralten Prophezeiung vorherbestimmt? Und hatte der Seher, der ihr Kommen vorhergesehen hatte, auch das Kommen des Eulenbarons vorhergesehen?

Edelor war erleichtert, als sich in den großen Fenstern am Ende der Halle das schwache Licht der Morgendämmerung zeigte. Er stand auf, rieb sich die Augen und ging zu einem der Fenster, um hinauszuschauen.

Das Land unter ihm lag noch im Nebel, doch mit dem heller werdenden Licht konnte er eine Bergkette ausmachen, nicht ganz so hoch wie der Adlerfels, und dahinter das

Schimmern eines Sees. Wenn er die Karte richtig im Kopf hatte, musste es sich um den Krummsee handeln oder vielleicht auch um den Wiesensee. Was dahinter lag, war nicht mehr zu erkennen, so weit weg war es.

Irgendwo dort hinten lag das Dorf Kreuzwasser, seine neue Heimat, wo seine neuen Freunde lebten. Er fragte sich, wann er wohl wieder dorthin zurückkehren und was in der Zwischenzeit noch alles geschehen würde.

Er hörte, wie sich hinter ihm etwas regte, und als er sich umdrehte, sah er, dass Kyria und Flora sich reckten und streckten. Rufus schlief noch fest. Dann fiel Edelor etwas auf, das er vorher nicht bemerkt hatte.

«Wo ist Konrad?«, fragte er.

Kyria sprang auf und sah sich um. Der Rucksack des Wolfs lag noch da, wo er ihn am Abend zuvor abgelegt hatte, aber der Wolf selbst war weg.

»Und jetzt?«, fragte Kyria genervt. Ihre Ohren zuckten. »Was denkt der sich denn dabei?«

»Vielleicht wurde er gefangen genommen?«, meinte Edelor.

Flora schüttelte den Kopf. »Das hätten wir gehört. Er hätte sich bestimmt gewehrt.«

»Eine Laterne fehlt ebenfalls«, stellte Kyria fest.

Edelor ging zurück zum anderen Ende der Halle. Dass Konrad losgezogen war, ohne ihnen Bescheid zu geben, ärgerte ihn. Jetzt würden sie ihn suchen müssen, und wenn er in Schwierigkeiten steckte, mussten sie versuchen ihm zu helfen.

Dann wandelte sich sein Ärger in Misstrauen. Konrad hatte die Halle bei Nacht verlassen, als alle anderen schliefen, und er hatte eine Laterne mitgenommen. Möglich, dass er nur helfen wollte, möglich aber auch, dass er einen anderen Grund hatte. Hatte er sich mit jemandem getroffen? Womöglich mit dem Eulenbaron?

Edelor beschloss seinen Verdacht noch nicht laut zu äußern. Außerdem sah er Kyrias zweifelndem Gesichtsausdruck an, dass sie Ähnliches dachte.

Während Kyria Rufus weckte und etwas zu essen für ihr Frühstück auspackte, ging Edelor zur Hallentür und schaute hinaus. Der Gang war leer. Nichts wies darauf hin, dass in der Nacht irgendetwas Ungewöhnliches geschehen war.

»Wir müssen hier ohnehin alles absuchen«, sagte er, als er wieder bei den anderen war. »Dann können wir gleichzeitig auch nach Konrad suchen.«

Nachdem sie gegessen hatten, machten sie sich auf, um den Rest des Horsts zu erkunden. Am Nachmittag hatten sie Edelors Ansicht nach sämtliche Räume und Gänge durchsucht. Sie hatten noch einige weitere Überreste aus der Zeit der Adler gefunden: weitere Waffen, eine wurmstichige hölzerne Truhe, eine Küche mit rostigen Töpfen und Pfannen, aber nichts, das ihnen Aufschluss über den Erben der Adler gegeben hätte.

Und keine Spur von Konrad.

Schließlich traten sie auf den Burghof, in den die Treppe

mündete. Edelor setzte sich seufzend auf die steinerne Brüstung.

»Vielleicht war es ein Fehler, hierher zu kommen«, sagte er.

»Wir sind jedenfalls keinen Schritt weiter als vorher«, stellte Kyria fest. »Meinst du, wir haben etwas übersehen?«

Edelor zögerte. »Ich kann es mir nicht vorstellen. Doch jetzt ist es zu spät für den Abstieg, da können wir auch noch ein wenig weitersuchen. Lasst uns in die Thronhalle zurückgehen und die Waffen von den Wänden nehmen. Vielleicht finden wir auf einer davon eine Inschrift.«

»Die wäre dann in der Sprache der Adler, die wir nicht lesen können«, erinnerte Flora ihn.

»Schon, aber wir könnten die Waffe mitnehmen, damit Herr von Wanderfalk uns die Inschrift vorliest.«

»Es sollten Bücher hier sein«, fiel Kyria plötzlich ein. »Die Adler oder ihre Verwalter müssen doch bestimmte Dinge aufgeschrieben haben. Alle Könige wollen sich in der Geschichte verewigen. Wo sind die Bücher hingekommen?«

Das hatte Edelor sich auch schon gefragt. Nicht alle konnten im Lauf der Jahre, seit der Adlerfels nicht mehr bewohnt war, zu Staub zerfallen sein. Er war sicher, dass die Geschichte der Adlerkönige aufgeschrieben worden war, wenigstens zum Teil – und dass er in diesen Aufzeichnungen eine Erklärung finden würde für alles, was sich hier oben zugetragen hatte. Doch jemand war ihnen zuvorgekommen. Die Bücher befanden sich wahrscheinlich bereits in Schloss Eulenburg. Dann war ihr ursprünglicher Plan,

dort hinzugehen, doch der richtige gewesen. Bei dem Gedanken, sich wieder auf den Weg machen zu müssen, fühlte Edelor sich hundemüde.
Während die anderen sich unterhalten hatten, hatte Rufus den gemeißelten Adlerkopf am Torbogen betrachtet.
»Edelor«, begann er nachdenklich, »das ist der einzige steinerne Kopf im ganzen Horst.«
»Rufus, du fängst doch nicht schon wieder damit an?« Edelor konnte seinen Ärger nicht verbergen. »Ich werde nicht noch einmal mit ihm sprechen, wenn du darauf hinauswillst.«
»Nein, aber . . . in dem Vers steht zwar, dass der Kopf aus Stein sprechen wird, aber das muss ja nicht wörtlich gemeint sein. Man könnte auch sagen, dass das Horn spricht, weil die Verse darauf eingraviert sind.«
Edelor wurde hellhörig. »Du meinst, es könnte etwas in den Stein gemeißelt sein?«
Er stand auf und ging über den Hof zu Rufus. Soweit er es erkennen konnte, stand auf dem Kopf und den Schwingen nichts geschrieben, aber vielleicht auf der Oberseite?
»Da hinaufzukommen, sollte nicht allzu schwer sein«, meinte er.
»Ich gehe.« Rufus lief bereits innen am Bogen hinauf, wobei er die alten Beschläge als Steigeisen benutzte. Dann zog er sich über den Bogen und hockte sich auf die gemeißelte Figur.

Es sieht aus, als reite er auf einem Adler, dachte Edelor. Laut fragte er: »Siehst du etwas?«
Etliche Minuten lang untersuchte Rufus den Adlerkopf schweigend. Dann schüttelte er enttäuscht den Kopf. »Hier ist nichts.«
Edelor starrte zu dem Steinkopf hinauf. Wieder einmal war seine Hoffnung zunichte gemacht worden. Dieser Kopf hütete ein Geheimnis, denn es musste der Kopf aus Stein sein, von dem im Vers die Rede war. Doch vielleicht war es ein Geheimnis, das nur der Erbe der Adler lüften konnte.
Der Kopf mit den stechenden Augen und dem mächtigen, gebogenen Schnabel schaute auf ihn herab. Die Kette war herrlich. Sie schien aus Gold und Edelsteinen gefertigt zu sein und nicht aus Stein. Sie bestand aus miteinander verbundenen Scheiben, und in der Mitte hing ein großer, ovaler Anhänger mit einem Loch, in dem einmal ein Edelstein gewesen sein könnte.
Etwas an dem Anhänger irritierte Edelor. Warum hatte der Steinmetz ein Loch gelassen, anstatt einen Edelstein zu meißeln, wie er das bei den Scheiben getan hatte? Es sah fast so aus, als fehlte etwas, als gäbe es etwas, das in das Loch gehörte.
Edelor spürte Übelkeit in sich aufsteigen.
»Rufus«, sagte er, »hast du den Adlerstein noch, den wir in dem Fisch gefunden haben?«
»Ja, er ist in meinem Rucksack dort.«

Edelor öffnete den Rucksack und holte den Adlerstein heraus. Glatt und grau und schwer lag er in seiner Pfote.
Der Adlerkopf war zu weit oben, als dass er ihn hätte erreichen können. Er kletterte ein Stück am Torbogen hinauf und gab Rufus den Stein.
»Probier doch mal aus, ob er in den Anhänger an der Kette passt«, bat er.
»Edelor, glaubst du ...«
»Keine Ahnung. Versuch es einfach.«
Das Eichhörnchen beugte sich vor, hielt sich mit einer Pfote am Hals des Adlers fest und tastete mit der anderen, in der

es den Stein hielt, nach dem Anhänger. Flora und Kyria waren inzwischen auch herübergekommen und schauten neugierig zu.
Zunächst dachte Edelor, der Stein würde nicht passen und seine Idee sei völliger Unsinn. Dann drehte Rufus ihn um. Ein leises Klicken, und der Stein saß in dem Loch.
Fast gleichzeitig hörte Edelor hinter sich ein Knirschen. Rufus zog scharf die Luft ein. Als Edelor sich rasch umdrehte, sah er, wie ein großer Teil des Burghofbodens zurückglitt. Ein dunkles Loch tat sich auf, und man sah den Anfang einer Treppe, die hinunterführte in den Berg.

10. Kapitel

Edelor überquerte den Burghof und schaute in das Loch. Die Treppe führte geradewegs nach unten und verlor sich in der Dunkelheit.
»Kyria, wir brauchen eine Laterne«, sagte er.
Mit vor Aufregung glänzenden Augen zündete die Füchsin die ihnen verbliebene Laterne an. Rufus kletterte vom Torbogen herunter und stellte sich neben Edelor. Den Adlerstein hatte er in dem Anhänger gelassen.
»Was da unten wohl ist?«, fragte er.
»Das werden wir gleich herausfinden. Flora und Rufus, ihr bleibt hier und bewacht den Abgang. Es könnten Feinde in der Nähe sein, und ich will nicht, dass sie uns alle da unten in eine Falle laufen lassen. Kyria und ich, wir schauen nach.«
Flora zog ihr Schwert und setzte sich so an das Loch, dass ihre Beine hinunterbaumelten.
»Nur zu«, sagte sie und fletschte nadelspitze Zähne. »An mir kommt keiner vorbei.«
Edelor zog ebenfalls sein Schwert, und Kyria hielt die La-

terne hoch. Dann stiegen sie die Treppe hinunter. Unten angekommen, standen sie vor einem schmalen Gang. Der Boden war mit einer dicken Staubschicht bedeckt, und Spinnweben hingen als Girlanden von der Decke. Hier war seit ewigen Zeiten niemand mehr gewesen. Es sah so aus, als seien sie dieses Mal dem Eulenbaron zuvorgekommen.

Der Gang führte immer geradeaus, ohne Biegungen oder Türen, die von ihm abgingen. Am Ende war wieder ein Bogen, diesmal aber so niedrig, dass Edelor und Kyria beim Durchgehen die Köpfe einziehen mussten. Auf der anderen Seite lag eine kleine, runde Kammer.

Edelor blieb stehen. Kyria hielt die Laterne noch ein Stück höher. »Sieh doch nur . . .«, flüsterte sie.

In der Mitte der Kammer stand die steinerne Statue eines Adlers. Die Augen in dem edlen Kopf schienen sie zu beobachten; Macht und Würde eines Königs sprachen aus ihnen.

Die Statue trug einen Umhang aus goldenen Federn, die im Licht der Lampe glänzten, und obwohl auch hier der Boden mit einer dicken Schicht Staub bedeckt war, lag auf der Statue kein Körnchen, und es hingen auch keine Spinnweben an ihr. Der gefiederte Umhang fiel in gleißenden Falten bis hinunter auf die Fänge des Adlers.

Um den Hals des Adlers lag eine Kette wie die in Stein gemeißelte über dem Bogen im Burghof. Doch diese Kette war aus Gold, und in jeder Scheibe funkelte ein Smaragd. Der Anhänger in der Mitte war hohl, und Edelor wusste inzwischen, dass das Loch für den Adlerstein gedacht war.

Der Adler hatte einen Fang angezogen und hielt in den Klauen ein goldenes Zepter. An einem Ende saß ein riesiger Smaragd, eingefasst in eine goldene Klaue, am anderen ein Paar goldene Flügel.

»Das sind der Mantel des Königs und die Zeichen seines Amtes«, murmelte Edelor. »Seine Insignien. Der letzte König, Aquila, ließ sie hier zurück, als er in den Kampf gegen den Drachen zog.«

»Vielleicht sind wir nach all den Jahren die Ersten, die sie sehen«, meinte Kyria.

Edelor zweifelte nicht daran. Er trat näher und berührte den gefiederten Mantel vorsichtig mit einer Pfote. Er fühlte sich weich an, als seien es echte Federn, doch sie strahlten im satten Glanz kostbaren Goldes.

»Wunderschön«, flüsterte er.

»Was machen wir damit?«, fragte Kyria, die immer praktisch dachte.

»Keine Ahnung. Die Sachen gehören jetzt dem Erben, nicht uns.«

»Aber wir finden den Erben ja nicht!« Kyria klang frustriert.

»Dann müssen wir sie hier lassen«, sagte Edelor und schüttelte das Gefühl von Ehrfurcht ab, das ihn überkommen hatte. »Wenn wir sie mitnehmen, wird der Eulenbaron das auf die eine oder andere Art und Weise herausfinden. Und er darf sie nicht in die Hände bekommen!«

Kyria nickte. »Wenn wir den Adlerstein aus dem Anhänger nehmen, wird sich die Tür wieder schließen. Und der Adlerstein selbst sieht ja nach nichts Besonderem aus. Den können wir sicher verwahren, bis der Erbe der Adler auftaucht.«

Edelor durchsuchte die Kammer nach weiteren Sachen, fand jedoch nichts mehr. Dann warf er einen letzten, langen Blick auf die Statue und verließ die Kammer. Kyria folgte.

Sie waren den Gang halb zurückgegangen, als sie einen Schrei hörten.

»Das ist Flora!«, rief Kyria.

Noch während sie es sagte, erklangen weitere Rufe; sie hörten Floras Stimme und viele andere – und das Klirren von Schwertern. Edelor beschleunigte seinen Schritt. Bei dem Gedanken, dass die Tür zugleiten könnte und sie im Berg gefangen wären, erfasste ihn Panik.

Als er den Fuß der Treppe erreichte, kam Rufus von oben heruntergehastet. Er lief direkt in Edelor hinein und klammerte sich an ihm fest.

»Der Eulenbaron!«, keuchte er. »Edelor, der Eulenbaron ist da!«

11. Kapitel

Edelor rannte die Treppe hinauf und stürmte auf den Burghof. Er hatte das Schwert kampfbereit in der Pfote, doch was er sah, ließ ihn mitten in der Bewegung erstarren.
Die Sonne war hinter der Felsspitze untergegangen, aber der Hof war hell erleuchtet vom Licht, das der Adlerstein ausstrahlte.
Direkt vor Edelor lag Flora. Sie hatte die Ohren angelegt, und ihr gestreifter Schwanz war so aufgeplustert, dass er doppelt so dick wie sonst erschien. Sie fauchte.
Konrad hatte eine Hinterpfote auf ihre Brust gestellt und die Schwertspitze auf ihre Kehle gerichtet.
Ringsum standen weitere Krieger – Füchse, Wiesel und Frettchen –, und auf der Mauer um den Burghof saßen Eulen. Auf dem Kopf aus Stein hockte der Eulenbaron selbst, die gebogenen Klauen auf den Adlerflügeln. Er trug das Horn vom Adlerfels an einem silbernen Gürtel auf der Brust.
»Werft eure Waffen weg, meine Freunde«, befahl Konrad. Er klang so glatt und selbstbeherrscht wie immer. »Wenn

ihr versucht zu kämpfen, wird als Erste die tapfere Katze sterben.«

Flora spuckte ihn an.

»Keine Manieren!«, murmelte Konrad.

»Wir sind nicht deine Freunde«, erwiderte Edelor unverblümt. »Du hast uns verraten. Du hast den Eulenbaron hierher geführt.«

Er glaubte für einen kurzen Augenblick einen Anflug von Schuld und Bedauern auf Konrads Gesicht zu erkennen. Dann lächelte der Wolf. »Wir sind hier im Krieg, mein lieber Marder. Werft eure Waffen weg – jetzt.«

Es blieb ihnen nichts anderes übrig. Edelor ließ sein

Schwert fallen; es landete klirrend auf den Steinplatten des Burghofes. Er hörte, wie Kyria hinter ihm dasselbe tat. Ein Wiesel trat aus den Reihen der Krieger und hob die beiden Waffen auf.

Konrad steckte sein Schwert wieder in die Scheide und trat zurück, damit Flora aufstehen konnte. Die Wildkatze war immer noch fuchsteufelswild.

»In einem Einzelkampf würdest du dich mir nicht stellen«, zischte sie Konrad zu. »Es hat ein halbes Dutzend deiner Freunde gebraucht, um eine MacKaro zu unterwerfen!«

»Konrad!« Die raue Stimme des Eulenbarons übertönte ihr Fauchen. »Geh die Treppe hinunter, und bring herauf, was du dort findest!«

»Nein!«, entfuhr es Kyria.

Keiner kümmerte sich um sie, am allerwenigsten Konrad, der, dem Befehl des Eulenbarons folgend, an ihr vorbeiging, ohne sie auch nur eines Blickes zu würdigen. Edelor schaute sie an und schüttelte leicht den Kopf. Sie konnten nichts tun.

Rufus hatte sich dicht neben Edelor gestellt und schaute sich in einer Mischung aus Angst und Staunen auf dem Burghof um. »Schau dir den Adlerstein an«, flüsterte er. »Wie er strahlt!«

»Wie kommt das?«, fragte Edelor.

»Ich weiß es nicht. Es hat angefangen, als der Eulenbaron erschien.« Das Eichhörnchen schauderte. »In den Geschichten heißt es immer, er deckt Böses auf – und jetzt ist das Böse hier.«

Edelor spürte es auch. Er erinnerte sich an das Banditentreffen in den Hügeln und dass er das Gefühl gehabt hatte, der Eulenbaron sei von etwas Dunklem umgeben, etwas, das er nicht erklären konnte. Jetzt war dieses Gefühl noch stärker.

Alles wartete schweigend, bis Konrad wieder aus dem Loch auftauchte. Er trug den Umhang aus goldenen Federn über dem einen Vorderlauf und die Kette und das Zepter in der anderen Pfote.

»Gut«, sagte der Eulenbaron. »Und jetzt gib mir den Adlerstein.«

Konrad breitete die Arme aus. »Ich habe beide Pfoten voll, Eulenbaron.« Er nickte einem Frettchen zu, das in der Nähe stand. »Hol den Adlerstein.«

»Ich kann da nicht rauf«, winselte das Frettchen. »Ich brech mir ja das Genick! Soll ihn doch eine von den Eulen holen.«

»Ich breche dir mehr als nur das Genick, wenn du mich erzürnst«, warnte der Eulenbaron. »Hol ihn!«

Leise vor sich hin fluchend, kletterte das Frettchen mühsam seitlich am Torbogen hinauf und arbeitete sich zu der Kette vor. Als es eine Pfote nach dem Adlerstein ausstreckte, glühte das Licht noch feuriger.

Das Frettchen schrie auf, verlor den Halt und plumpste in den Hof, wo es liegen blieb und sich wimmernd die Pfote leckte.

»Er hat mich verbrannt!«, jammerte es. »Das ist Zauberei, jawohl! Ich geh da nicht mehr ran!«
Konrad seufzte, drückte dem Krieger, der ihm am nächsten stand, die Hoheitszeichen des Großkönigs in die Pfoten und kletterte selbst den Torbogen hinauf. Genau wie das Frettchen wollte er nach dem Adlerstein greifen, zog die Pfote aber sofort zurück und schüttelte sie, als habe er Schmerzen.
Mit einem eleganten Satz sprang er wieder herunter. »Tut mir Leid, Eulenbaron, aber der Adlerstein ist . . . äh . . . er will sich nicht herausholen lassen.«
»Blödes Vieh«, knurrte der Eulenbaron.
Seine bernsteinfarbenen Augen blitzten vor Wut, doch wie Edelor feststellte, traute er sich nicht den Adlerstein selbst zu holen und er befahl es auch keinem anderen Tier mehr.
Stattdessen sagte er: »Konrad, bring die Insignien in den Thronsaal. Und schließ die drei«, er zeigte auf Kyria, Flora und Rufus, »irgendwo ein, wo sie keinen Schaden anrichten können. Den Marder nicht. Mit dem Marder möchte ich sprechen.«
Konrad gab den Befehl an ein paar Krieger weiter. Die packten Edelors Freunde und schoben sie durch den Bogengang in den Horst. »Edelor!«, rief Rufus voller Schreck.
»Keine Sorge«, beruhigte ihn Edelor. »Ich lass mir was einfallen.«
Als er zusehen musste, wie seine Freunde abtransportiert wurden, kam es ihm selbst wie ein leeres Versprechen vor.

Flora spuckte und fluchte bei jedem Schritt und wand sich im Griff von zwei kräftigen Füchsen. Edelors Zuversicht schwand.
Konrad folgte ihnen nach drinnen, und Edelor blieb mit dem Eulenbaron und dem Rest seiner Gefolgschaft im Burghof zurück.
»Komm her zu mir, Marder«, befahl der Eulenbaron.
Zögernd überquerte Edelor den Burghof, bis er unter dem steinernen Adler stand. Der Adlerstein leuchtete so hell, dass es ihn fast blendete, und beschien die Furcht erregende Gestalt des Eulenbarons. Auch jetzt wieder spürte Edelor deutlich das Böse, das von diesem ausging.
»Marder, hol mir den Adlerstein«, befahl der Eulenbaron.
Edelor straffte die Schultern und nahm all seinen Mut zusammen. »Nein.«
Über sich hörte er ein wütendes Zischen. »Weißt du, was ich mit dir machen kann, wenn du dich mir widersetzt? Ich kann dich so langsam töten, dass du um deinen Tod betteln wirst.«
»Ihr tötet mich ohnehin«, erwiderte Edelor. »Aber ich werde Euch nicht helfen in den Besitz des Adlersteins zu kommen.«
»Ich dich töten? Nur wenn es sein muss. Dich kann ich noch brauchen.«
Edelor war so überrascht, dass er nichts darauf erwidern konnte. Nach kurzem Schweigen fuhr der Eulenbaron fort: »Bald werde ich Großkönig des Quellenlandes sein. Ich ha-

be das Horn vom Adlerfels. Ich habe die Insignien des Großkönigs. Die Leute werden mich anerkennen.«

»Nie!«, sagte Edelor. »Sie kennen Euch.«

»Sie werden mich anerkennen. Ihnen bleibt nichts anderes übrig. Und wenn ich erst König bin, brauche ich Ratgeber, denen ich vertrauen kann. Du könntest einer von ihnen sein.«

»Ich!« Hätte er nicht solche Angst um sich und seine Freunde gehabt, hätte Edelor gelacht. »Was wollt Ihr von mir?«

»Du bist ein Tier mit vielen Fähigkeiten«, fuhr der Eulenbaron fort. »Diese Dummköpfe im Quellenland werden dich nie anerkennen. Diene mir, und ich gebe dir Macht. Du könntest im Rang gleich nach Konrad kommen.«

»Nach einem Lügner und Verräter?« Eine Welle der Wut machte Edelor mutig.

»Sogar *vor* Konrad, wenn ich mit dir zufrieden bin«, meinte der Eulenbaron. »Wie die Falken die Verwalter von König Aquila waren, könntest du mein Verwalter sein. Und du kannst deinen Dienst gleich antreten, indem du mir den Adlerstein gibst.«

»Weshalb braucht Ihr ihn denn, wenn Ihr so sicher seid, dass Ihr ohnehin König werdet?«, trumpfte Edelor auf.

Es war ihm, als ringe der Eulenbaron einen Augenblick lang um eine Antwort. Als er schließlich sprach, klang er etwas unsicher.

»Ich brauche ihn nicht. Aber ich brauche einen Beweis für deine Treue.«

»Den werdet Ihr nie bekommen!« Edelor verschränkte die Arme. Er nahm an, dass der Eulenbaron log. Der Adlerstein hatte Kräfte, die er brauchte, wenn er sich zum König ausrufen lassen wollte. Und was noch wichtiger war: Wenn er ihn besaß, konnte er dafür sorgen, dass der richtige Erbe ihn nicht bekam. »Ich werde ihn Euch nicht holen«, sagte Edelor. »Ich werde Euch nicht dienen. Das Letzte, was ich will, ist die Macht, zu der Ihr mir verhelfen könnt.«

Der Eulenbaron stieß einen Wutschrei aus. Edelor sah, wie er die Schwingen ausbreitete und davonflog. Bald war er in der Dämmerung verschwunden.

Sekunden später wich Edelor erschrocken zurück, als der Eulenbaron lautlos wieder erschien und neben ihm auf dem Burghof landete.

»Jetzt ist's genug«, sagte er. »Marder, sieh mich an!«

Zu spät erinnerte sich Edelor an das, was geschehen war, als der Eulenbaron Rufus das Horn abgenommen hatte. Der Blick der Eule hatte das Eichhörnchen zum Gehorsam gezwungen. Edelor versuchte dem Blick auszuweichen, doch die bernsteinfarbenen Augen ließen ihn nicht mehr los. In der Dämmerung schien alles um ihn zu kreisen, und er hatte das Gefühl, in tiefes dunkles Wasser zu fallen.

12. Kapitel

Kyria stolperte, als der Wächter sie in das Zimmer stieß. Bis sie ihr Gleichgewicht wieder gefunden hatte, hörte sie die Tür hinter sich zuschlagen und dann ein dumpfes Klicken, als draußen eine schwere Stange in ihre Halterung fiel.
Flora hämmerte an die Tür und brüllte: »Lasst mich raus! Damit ich euch an die Kehle kann, ihr elenden Köter!«
Rufus kauerte zitternd am Boden, die Augen weit aufgerissen vor Angst.
Den Raum hatten sie vorher durchsucht. Er war vollkommen leer; am hinteren Ende befand sich ein breites Fenster mit einem Rundbogen.
Kyria ging hinüber und schaute hinaus. Es war gerade noch hell genug, dass sie sehen konnte, wie der Fels unterhalb des Fensters steil zu den weit unten liegenden, bewachsenen Hängen abfiel. Allein vom Hinunterschauen wurde ihr schon schwindelig. Sie musste sich am Fenstersims festhalten. Über diesen Weg war kein Entkommen.
Flora hatte es aufgegeben, an die Tür zu hämmern. »Komm

schon, kleine Baumratte«, sagte sie nun zu Rufus. Ihr Ton war rau, aber freundlich. »So schlimm ist es nicht. Wir lassen uns etwas einfallen, wie wir hier rauskommen – oder Edelor hat eine Idee.«

Rufus schaute zu ihr hoch. »Der Eulenbaron hat Edelor bei sich behalten. Was er wohl mit ihm vorhat, was meinst du? Was macht er mit ihm?«

»Bestimmt nichts Schönes«, erwiderte Kyria. »Aber Edelor weiß sich schon zu helfen.«

»Nicht beim Eulenbaron.« Ein Schauder überlief das Eichhörnchen, und es schlang die Arme um seinen Körper, als blase ein eisiger Wind. »Dieser Vogel ist böse durch und durch. Habt ihr es nicht gespürt?«

»Er ist groß und hässlich«, meinte Flora. »Mit Gefühlen kenn ich mich nicht so gut aus.«

»Es ist wie – wie dunkle Spinnweben in der Luft«, sagte Rufus, »die vom Eulenbaron ausgehen. Kyria, du *musst* es gespürt haben.«

»Na ja . . .« Kyria war sich nicht sicher. Sie glaubte zu wissen, was Rufus meinte, aber sie hatte keine Ahnung, ob dieses Böse tatsächlich vorhanden war oder nur etwas, das sie spürten, weil der Eulenbaron so Furcht erregend wirkte und er sie in seiner Gewalt hatte.

»Edelor ist in Gefahr«, sagte Rufus. »Wir müssen ihm helfen. Er braucht uns.«

Er stand auf und ging hinüber zum Fenster, um ebenfalls hinauszuschauen.

»Sei vorsichtig«, warnte Kyria. »Nicht einmal du könntest da hinunterklettern.«
»Nur ein Vogel oder eine Fledermaus kämen hier raus«, bestätigte Flora, die sich neben Rufus aus dem Fenster lehnte.
»Ich versuche es trotzdem.« Ganz sicher war sich Rufus seiner Sache allerdings nicht. »Was ist mit dem Seil passiert?«
»Es ist in Edelors Rucksack«, antwortet Kyria. »Und der liegt im Burghof. Aber ob mit Seil oder ohne, du gehst mir hier nicht raus! Und wenn ich mich die ganze Nacht auf dich draufsetzen muss.«
Rufus gelang ein schiefes Lächeln. »In Ordnung, Kyria. Aber etwas müssen wir tun.«
»Ich wüsste nicht, was.«
»All unsere Vorräte sind ebenfalls im Burghof. »Flora schüttelte finster den Kopf. »Ich falle auf der Stelle in Ohnmacht, wenn die uns nichts zu essen bringen!«

Stunden vergingen, von draußen drang kein Laut herein, und es gab keine Möglichkeit, herauszufinden, was im Horst passierte. Der Mond ging auf und schickte sein bleiches Licht durchs Fenster.
Rufus legte sich hin und fiel in einen unruhigen Schlaf. Flora saß mit dem Rücken zur Wand und hatte die Pfoten um die Knie geschlungen. Sie pfiff leise durch die Zähne, sprach jedoch sehr wenig. Kyria saß ihr gegenüber und versuchte einen Plan auszuhecken. Ihr Kopf fiel ihr immer

wieder auf die Brust, dann wachte sie mit einem Ruck aus ihrem Halbschlaf und aus Träumen von Klauen und Dunkelheit auf.

Kyria wusste zwar nicht, wie viel Zeit vergangen war, denn der Himmel draußen war immer noch schwarz, doch irgendwann hörte sie, wie die Stange von der Tür genommen wurde. Rufus reckte sich und setzte sich auf, während Flora aufsprang und nach dem Schwert suchte, das sie nicht mehr bei sich trug.

Kyria rappelte sich auf und wartete neben ihr, als die Tür aufging. Konrad stand mit drei Kriegern draußen.

»Was willst du?«, fragte Kyria.

Konrad verbeugte sich in seiner eleganten Art. »Der Eulenbaron verlangt nach euch.«

»Und du bist sein Bote«, sagte Kyria. »Das entspricht genau deinem Niveau. Dreckige Wanze!«

Konrad hob mit einem Ruck den Kopf, und sein Ausdruck wurde hart. Kyria sah ihm an, dass ihre höhnische Bemerkung ihn getroffen hatte.

»Du hast das von Anfang an so geplant, stimmt's?«, fuhr sie fort. »Ich glaube nicht, dass du uns zufällig in Weidenfurt getroffen hast. Du bist uns gefolgt.«

»Du bist uns von Kreuzwasser aus gefolgt!«, mischte sich Rufus ein. »Ich hatte das Gefühl, dass wir beobachtet werden, als wir flussaufwärts fuhren.«

»Und es war deine Idee, dass wir hierher kommen sollten«, sagte nun wieder Kyria. »Du wolltest uns hierher bringen,

damit der Eulenbaron uns eine Falle stellen kann . . . Warum?«
»Du glaubst doch nicht im Ernst, dass ich dir das erzähle?«, fragte Konrad zurück.
»Nein. Etwas Anständiges erwarte ich von dir bestimmt nicht. Du bist schlimmer als eine Wanze.«
»Nenn mich, wie du willst. Tatsache ist, dass ich gewonnen habe, und ihr, meine lieben Freunde, habt verloren.«
»Das Spiel ist noch nicht aus«, sagte Flora.
»Edelor hat dir das Leben gerettet!« Rufus' Ton war voller Verachtung. Er stand auf und stellte sich vor Konrad hin. »Auf dem Berg hat er sein Leben für dich riskiert. Und du hast ihn verraten!«
Konrad wandte sich ab, als sei die Verachtung des Eichhörnchens zu viel für ihn. Den Kriegern, die mit ihm gekommen waren, befahl er: »Ergreift sie!«
Der erste, ein schmales, grimmig dreinblickendes Wiesel, wollte Kyria packen, doch sie schüttelte ihn ab. »Das ist nicht nötig. Wir kommen freiwillig mit. Ich hab auch ein Wörtchen mit dem Eulenbaron zu reden.«
Die Krieger stellten sich auf und führten sie den Gang entlang. Konrad ging als Letzter.
Die Tür zur großen Halle stand offen; zu beiden Seiten hielt ein Fuchs Wache. Mondlicht strömte durch die beiden Fenster am hinteren Ende. Als Kyria eintrat, sah sie den Eulenbaron auf dem Adlerthron sitzen. Selbst er war nicht groß genug, um ihn auszufüllen, und der Smaragd

zwischen den gemeißelten Schwingen war ohne Glanz, als weigere er sich die Eule auf diesem Platz anzuerkennen.

Neben dem Eulenbaron stand Edelor. Er war nicht gefesselt und wurde nicht einmal bewacht, sondern stand einfach nur abwartend da, die Pfoten auf dem Rücken. Und er trug sein Schwert wieder.

Irritiert blieb Kyria stehen. »Edelor?«, fragte sie. »Was geht hier vor?«

Edelor antwortete nicht. Einer der Krieger schob Kyria vorwärts, bis sie und die anderen vor dem Podest standen.

Kyria schaute hinauf zu dem Eulenbaron. Das Horn vom Adlerfels hatte er abgenommen; es lag neben dem Thron auf dem Boden. Stattdessen trug er nun den goldenen Umhang. Kyria hatte allerdings den Eindruck, als seien die Federn stumpf geworden und hätten ihren Glanz verloren, der sie und Edelor in dieser unterirdischen Kammer so beeindruckt hatte. Der Eulenbaron hatte sich die Kette umgelegt, und der Anhänger, immer noch ohne den Adlerstein, hing ihm fast bis auf die Fänge. In einer Klaue hielt er das Zepter.

Obwohl Kyria Angst hatte vor seinen stechenden Augen und dem grausamen Schnabel, musste sie beinahe lachen. Er sah einfach zu dämlich aus, halb begraben unter all der Pracht. Die Hoheitszeichen waren ja für sehr viel größere Vögel gemacht worden. Doch er selbst wusste

das nicht, und keiner seiner Krieger wagte es, ihm dies zu sagen.
»Ich habe das Warten jetzt satt«, begann der Eulenbaron. »Einer von euch dreien bringt mir den Adlerstein. Jetzt.«
»Nie!«, rief Flora.
»Weshalb sollten wir?«, fragte Kyria.
»Weil ich, wenn ihr es nicht tut, euren Freund, den Marder, töten werde«, sagte der Eulenbaron.

13. Kapitel

Kyria und Flora wechselten einen erschrockenen Blick.
»Nein!«, schrie Rufus. »Edelor, was ist los? Warum lässt du das zu?«
Edelor antwortete immer noch nicht. Kyria sah, dass seine Augen wie verschleiert waren und er über sie hinwegschaute, als seien sie überhaupt nicht da.
»Was habt Ihr mit ihm gemacht?«, fragte sie den Eulenbaron.
»Ich habe ihn unter meiner Kontrolle. Er wird tun, was ich ihm sage.«
»Dann lasst ihn den Adlerstein holen«, sagte Flora.
»Das kann er nicht mehr.« Rufus' Stimme zitterte. »Verstehst du denn nicht? Der Eulenbaron kann den Stein nicht berühren. Seine Krieger können ihn nicht berühren. Der Stein lässt es nicht zu, weil er weiß, dass sie böse sind. Und jetzt hat er Edelor in seiner Gewalt, also kann Edelor ihn auch nicht mehr berühren.« Rufus' Stimme brach, und er lief auf den Eulenbaron zu.
Konrad schnappte ihn, als er auf das Podest klettern wollte,

und klemmte ihn sich unter den Arm. Rufus wehrte sich und versuchte ihn zu beißen, hatte aber nicht die Kraft, sich zu befreien.

»Ich mache euch ein Angebot«, fuhr der Eulenbaron fort, als habe die Unterbrechung durch Rufus überhaupt nicht stattgefunden. »Bringt mir den Adlerstein, und ich lasse euren Freund frei. Ich lasse euch alle frei.« Er wies mit dem Kopf zur Seite, und Kyria sah die Waffen, die man ihnen abgenommen hatte, auf einem der Stühle entlang der Wand liegen. »Ihr könnt eure Sachen nehmen und den Berg verlassen oder hier bleiben und mir dienen, wie immer es euch beliebt. Nur bringt mir den Adlerstein!«

Flora schnaubte verächtlich. »Und Ihr denkt, wir glauben Euch?«

»Ihr lehnt das Angebot also ab?«, fragte der Eulenbaron.

»Natürlich lehnen wir ab«, erwiderte Kyria.

»Nun gut.« Die Stimme des Eulenbarons wurde sanfter, drohender. »Konrad, bring mir das Eichhörnchen.«

Konrad hob Rufus hoch und setzte ihn vor den Eulenbaron aufs Podest. Der Eulenbaron reckte den Kopf vor, bis er Rufus in die Augen schauen konnte. Rufus drehte den Kopf zur Seite und weigerte sich ihn anzusehen. Kyria sah, welch entsetzliche Angst er vor der Macht dieser glühenden bernsteinfarbenen Augen hatte.

»Nein, nein!«, sagte der Eulenbaron. »Diesmal nicht. So nützt du mir nichts. Hör gut zu, Eichhorn. In einer Minute gehst du und holst mir den Adlerstein. Wenn du es nicht

tust, töte ich den Marder. Langsam. Und du schaust dabei zu. Dann die Füchsin. Dann die Wildkatze. Alle deine Freunde werden mich um ein Ende ihrer Qualen anflehen, weil du mir nicht gehorcht hast. Willst du das wirklich?«
Während er gesprochen hatte, hatte Rufus das Gesicht in den Pfoten verborgen. Als der Eulenbaron schwieg, schaute er auf. Er weinte. »Nein«, flüsterte er, »das will ich nicht. Ich hole den Adlerstein.«
»Rufus!«, rief Kyria.
Rufus warf ihr einen verzweifelten Blick zu. »Tut mir Leid, Kyria«, sagte er, »aber ich könnte es nicht ertragen.«
»Geh mit ihm«, befahl der Eulenbaron Konrad barsch, »falls er auf irgendwelche dummen Ideen kommt.«
Kyria drehte sich um und schaute Rufus nach, wie er von Konrad durch den Saal und hinaus auf den Gang gestoßen wurde. Sie war wütend und frustriert. Sie konnte Rufus kaum einen Vorwurf machen, dass er klein beigegeben hatte. Wenn sie diejenige gewesen wäre, die der Eulenbaron so unter Druck gesetzt hätte, wäre ihr die Vorstellung, die anderen sterben zu sehen, wahrscheinlich auch unerträglich gewesen.
Während sie auf Rufus' Rückkehr warteten, schaute sie sich Edelor noch einmal an. Der Marder stand reglos da und schaute immer noch mit diesem ungerührten Gesichtsausdruck über sie hinweg, gerade so, als habe er die Drohungen des Eulenbarons und Rufus' Verzweiflung gar nicht mitbekommen. Als seien sie ihm alle gleichgültig.

»Edelor, tu etwas!«, drängte sie leise. »Lass es nicht so enden!«
Es gab keinerlei Anzeichen dafür, dass Edelor sie verstanden hatte, keine Reaktion außer einem leisen, zischenden Lachen des Eulenbarons.
Während Kyria den boshaften Vogel wütend anschaute, merkte sie, dass das Licht sich veränderte. Ihr Schatten war plötzlich vor ihr und fiel über den Thron. Über dem Kopf des Eulenbarons sprang ein Funke aus dem Inneren des Smaragds. Kyria drehte sich um und sah Rufus durch die Tür kommen.
Er trug den Adlerstein in den Pfoten. Ein reines goldenes Strahlen ging von ihm aus, doch Rufus hatte keinerlei Verletzungen. Sein Gesicht wirkte verzückt, als habe dieses Wunder all seine Angst und Verzweiflung weggewischt. Als er langsam die Halle hinunterschritt, bedeckten die Krieger des Eulenbarons die Augen, weil das Licht sie blendete.
Als er näher zum Podest kam, sah Kyria, dass selbst der Eulenbaron zurückwich und seine stechenden Augen nur noch schmale Schlitze waren.
Wie will er den Adlerstein tragen, wenn er ihn nicht einmal anschauen kann?, fragte sie sich.
Der Smaragd im Thron strahlte mit dem Adlerstein um die Wette und warf grüne Lichtblitze durch den Saal. Die Krieger des Eulenbarons wichen vor ihnen zurück.
Der Eulenbaron musste sich zwar dazu zwingen, doch er öffnete die Augen wieder und rutschte auf dem Thron nach

vorn, sodass der Anhänger frei in der Luft baumelte. »Setze den Stein an seinen Platz«, befahl er Rufus.
Rufus schaute mit weit aufgerissenen Augen zu ihm auf; der Adlerstein lag offen auf seiner Pfote.
»Los! Mach schon!«, raunzte der Eulenbaron. Es klang, als wolle er den Stein zwar unbedingt haben, hasse ihn aber gleichzeitig. »Gib ihn her!«
»Ja«, erwiderte Rufus lächelnd, »ja, ich gebe ihn Euch.«
Er machte noch einen Schritt und stand nun an der untersten Stufe des Podests. Doch anstatt die Stufen hochzusteigen, damit er den Anhänger erreichte, schloss er die Pfote um den Adlerstein, hob den Arm und schleuderte den Stein dem Eulenbaron entgegen.
Er traf ihn mitten in die Brust. Der Eulenbaron kreischte und flog auf, unbeholfen, da der schwere Mantel ihn behinderte. Im Saal breitete sich der Gestank von verbrannten Federn aus.
Irritierte Rufe kamen von den Kriegern, die näher bei der Tür standen und von dem Licht noch halb geblendet waren. Kyria sah, wie Konrad sich zum Podest vorkämpfte, als wate er durch brusthohes Wasser.
»Flora – schnell!«, rief sie.
Sie rannte zu dem Stuhl, auf dem ihre Waffen lagen, schnappte sich ihr Schwert und warf Flora ihres zu. Die Wildkatze fing es am Griff und wirbelte herum. Ihre Augen blitzten, und der Schwanz peitschte hin und her, als sie nach einem Gegner suchte.

»Tötet es!«, kreischte der Eulenbaron über ihren Köpfen. »Tötet das Eichhorn!«
Rufus kletterte rasch auf das Podest, wohin der Adlerstein gefallen war, und schnappte ihn sich. Als er ihn hochhielt, sandte er einen hellen Lichtkegel aus. Die Krieger, die sich in seine Richtung kämpften, strauchelten und blieben stehen.
»So ist's recht, ihr feiges Gesindel«, höhnte Flora. »Habt Angst vor ein bisschen Licht, wie? Lauft ihr jetzt gleich heim zu eurer Mama?«
»Kommt!,« sagte Kyria. »Nichts wie raus hier.«
Sie kletterte aufs Podest, griff sich das Horn und hängte sich den Gürtel, an dem es befestigt war, um den Hals. Mit der anderen Pfote packte sie Edelor am Arm.
»Edelor! Komm mit – schnell!«
Edelor rührte sich nicht. Als Kyria ihn wegziehen wollte, kam der Eulenbaron herabgeflogen und setzte sich auf die Rückenlehne des Throns. Das Licht des Smaragds umgab ihn wie grünes Feuer. »Tötet sie! Tötet sie!«, kreischte er. Er wies mit einem Fang auf Edelor. »Du, Marder!«
Edelors Kopf flog herum, bis er dem Eulenbaron in die Augen schaute.
»Töte sie!«, befahl dieser noch einmal.

14. Kapitel

Edelor zog sein Schwert. Er hatte immer noch diesen verschleierten Blick, als wüsste er nicht, was er tat. Er zögerte, schaute zuerst den Eulenbaron an, dann Kyria und Flora.
»Töte sie!«, kreischte der Eulenbaron erneut.
Langsam, unsicher hob Edelor sein Schwert. Flora sprang aufs Podest, und Kyria, die ihm am nächsten stand, parierte mit ihrer Klinge den Hieb des Marders.
»Kyria, nicht!«, rief Rufus von der anderen Seite des Podests. »Das kannst du nicht machen!«
Er kam herübergerannt, stellte sich vor sie und streckte Edelor die Pfote mit dem Adlerstein entgegen. Wie alle anderen wich Edelor zurück und hob den Arm, um seine Augen zu schützen.
Kyria zupfte Rufus am Ärmel. »Komm, wir müssen hier weg.«
»Wir können doch Edelor nicht hier lassen!«
Rufus schloss die Pfote um den Adlerstein und hielt ihn dicht an seinen Körper gepresst. Er strahlte immer noch, aber nicht mehr in dieser blendenden Helligkeit.

Flora, die hinter Kyria stand, sagte: »Diese Baumratte hat ihr bisschen Verstand vollends verloren.«

Kyria hörte das Klirren von Schwertern, als Konrad das Podest erklommen hatte und Flora ihre Waffe schwang. Sie ließ Rufus nicht aus den Augen.

Das Eichhörnchen beachtete den Eulenbaron nicht, der in irrsinniger Wut von der Thronlehne herunterkreischte. Er trat näher an Edelor heran, der mit seinem Schwert zu einem Hieb ausholte, der Rufus in zwei Teile hätte spalten können.

»Edelor«, sagte Rufus, »du kennst uns doch, nicht wahr? Du kannst uns nicht töten!«

Für eine Sekunde, die wie eine Ewigkeit erschien, schauten das Eichhörnchen und der Marder einander in die Augen. Edelors Schwertarm sank herab; die Schwertspitze berührte den Boden, seine Pfote lag locker auf dem Griff. Er blinzelte zwei- oder dreimal verwirrt, dann fragte er: »Rufus?«

»Ja!« Rufus lächelte, doch Kyria sah, wie ihm die Tränen aus den Augen schossen. »Edelor, komm mit uns!«

Edelor schaute sich um, sah die Krieger, die auf das Podest zustürmten, Flora und Konrad mitten im Kampf und den wütenden Eulenbaron auf der Thronlehne. Er packte sein Schwert wieder fest, hob es, wirbelte herum und ließ es auf den Eulenbaron heruntersausen.

Dieser kreischte auf und flatterte wieder zur Decke, außer Reichweite des Schwertes. Nur zwei oder drei cremefarbene Federn segelten zu Boden.

Edelor drehte sich um. »Mir nach!«, rief er.
Kyria wusste, dass sie sich auch zu viert gegen diese Übermacht nie lebendig aus dem Saal hätten herauskämpfen können, doch bei Edelors Worten hatte Rufus den Adlerstein wieder in die Höhe gehalten. Die Krieger wichen unter Wutgeschrei zurück.
Konrad trat ebenfalls zurück und hieb wild nach Flora. Die Wildkatze kickte ihm die Hinterpfoten weg, sodass er rücklings vom Podest fiel und benommen auf dem Boden liegen blieb.
Edelor und die anderen liefen, dicht beieinander und geschützt von dem Licht, durch den Saal zur Tür. Ein paar Krieger hatten die Kraft, sich ihnen entgegenzustellen, doch sie wurden von dem Licht, das auf ihre kampfbereit erhobenen Schwertklingen traf, zurückgeschlagen.
Sobald sie durch die Tür waren, schlugen Edelor und Flora die beiden Türflügel zu, und Flora legte den Querbalken in die Halterung. Auf der anderen Seite erhob sich ein Geheul, und Fäuste trommelten gegen die Tür.
»Das wird sie nicht lange zurückhalten«, sagte Flora. »Beeilt euch!«
Sie liefen durch den Gang und unter dem Kopf aus Stein hindurch auf den Burghof. Ihre Rucksäcke lagen immer noch bei der Mauer, wo sie sie abgelegt hatten. Hastig setzten sie diese auf und liefen zur Treppe, die den Berg hinunterführte.
»Edelor, ist alles in Ordnung?«, fragte Rufus ängstlich.

»Es geht schon.« Edelor fuhr sich mit einer Pfote über die Augen. »Das war vielleicht scheußlich! Ich hörte den Eulenbaron, ich wusste, was er von mir wollte, und musste ihm trotzdem gehorchen; ich konnte nicht anders.«
Rufus schauderte. »Ich weiß.«
Der Himmel wurde langsam hell, aber das Licht der Morgensonne war noch sehr schwach. Der Adlerstein leuchtete ihnen auf dem Weg über die Treppe. Kyria ging voraus, doch sie waren noch nicht weit gekommen, da hörten sie von oben Geschrei und Gepolter. Die Krieger des Eulenbarons hatten sich anscheinend aus der Halle befreit.
Flora, die die Nachhut bildete, sagte: »Sie kommen.«
»Kyria, du gehst weiter«, bestimmte Edelor. »Und du auch, Rufus. Flora und ich halten euch den Rücken frei.«
Als sich Kyria kurz darauf umschaute, sah sie Gestalten, die sich gegen den Himmel abzeichneten. Sie glaubte Konrad unter ihnen zu erkennen. Das Getrappel von Stiefeln war hinter ihnen zu hören, und schon tauchten drei Krieger hinter einer Biegung auf.
Rufus hielt den Adlerstein hoch, doch im zunehmenden Tageslicht strahlte er nicht mehr so hell. Seine Kraft ließ nach. Der erste Krieger, ein Wiesel, das eine schwere Keule schwang, warf sich Edelor entgegen. Bevor es zuschlagen konnte, duckte sich Flora unter seinem Arm durch und trat ihm mit der Hinterpfote in die Magengrube.
Das Wiesel ließ die Waffe fallen und wankte rückwärts,

verlor das Gleichgewicht, fiel von der Treppe und war verschwunden. Mit immer schwächer werdenden Schreien stürzte es zu Tode. Die anderen beiden Krieger zogen sich rasch zurück.

Flora hob die Keule auf und schwang sie probeweise. »Eine prächtige Waffe«, meinte sie anerkennend. »Und er braucht sie jetzt nicht mehr.«

»Los, weiter«, drängte Kyria.

Die Treppe war zu schmal, als dass mehr als zwei Krieger gleichzeitig angreifen konnten. Nachdem sie mitbekommen hatten, welches Schicksal das Wiesel ereilt hatte, blieben sie zurück, sodass Edelor und die anderen die gewundene Treppe, ohne aufgehalten zu werden, hinuntereilen konnten.

Doch nach dem Aufstieg tags zuvor und einer Nacht ohne allzu viel Schlaf waren sie alle müde. Selbst Floras Kräfte ließen nach. Kyria fürchtete, ihre Beine würden sie bald nicht mehr tragen. Sie sehnte sich nach einer Möglichkeit zum Ausruhen. Als sie sich aber umschaute, sah sie eine schmale, vertraute Gestalt, die sich über ihr gegen den Himmel abzeichnete.

»Seht mal! Da ist Konrad!«

Sie blieben kurz stehen, schauten hinauf zu der Silhouette des Wolfes und fragten sich, was er wohl vorhatte. Es waren noch andere Krieger bei ihm, und er schien ihnen Befehle zu erteilen. Dann sahen sie, wie ein Fuchs sich an einem Seil den Fels herabließ, und kurze Zeit später folgten weitere Tiere nach. Mit Seilen und Äxten arbeiteten sie sich nach unten.

»Sie versuchen uns den Weg abzuschneiden«, rief Kyria. »Wenn es ihnen gelingt, sitzen wir bei dem fehlenden Treppenstück in der Falle.«

»Was gäbe ich nicht alles für einen guten Bogen«, sagte Flora sehnsüchtig und schaute zu dem Fuchs hinauf, der als Erster mit ausgebreiteten Armen und Beinen am Fels hing.

»Sie haben Bogen«, sagte Rufus, »zumindest einige von ihnen. Warum bringen sie uns nicht um?«

»Wahrscheinlich wollen sie uns lebendig«, meinte Edelor. »Und beim Eulenbaron ist das schlimmer, als getötet zu werden. Beeilt euch – wir müssen vor ihnen an dem abgebrochenen Treppenstück sein.«

Rufus sagte nichts mehr. Schaudernd lief er weiter.

Inzwischen war es heller Tag geworden. Manchmal konnte Kyria von einer Treppenwindung aus den See unten liegen sehen, und sie fragte sich, wann wohl die *Flusskönigin* kommen und sie außer Reichweite ihrer Feinde bringen würde.

Einmal legte sie kurz die Pfote auf das Horn vom Adlerfels, das sie immer noch umhängen hatte. Der Erbe der Adler könnte ihnen sicher helfen, wenn er jetzt hier wäre. Doch bei all den Wunderdingen, die sie im Horst der Großkönige entdeckt hatten, waren sie auf ihrer Suche nach dem Erben kein Stück weitergekommen.

Sie hörte wieder Stiefel hinter sich die Treppe herabpoltern, doch die Tiere machten keine Anstalten, sie einzuholen.

Kyria erkannte, dass sie, falls sie nicht schneller waren als die Kletterer, zwischen zwei Abteilungen von Kriegern in der Falle saßen – ohne Hoffnung, sich einen Weg in die Freiheit erkämpfen zu können.
»Und diesen Plan hatte Konrad von Anfang an!«, murmelte sie vor sich hin.
Ihre einzige Hoffnung war, dass sie das abgebrochene Treppenstück vor den Kletterern erreichten. Kyria, die als Erste ging, beschleunigte ihren Schritt, bis sie die Treppe fast hinunterrannte.
Sie umrundete einen Felsvorsprung und blieb abrupt stehen. Vor ihr war die Stelle, an der die Treppe weggebrochen war. Auf einer der letzten Stufen stand der kletternde Fuchs, seinen Hirschfänger in der Pfote. Die anderen hingen zwar noch am Seil, kamen aber rasch die Felswand herunter.
Der Fuchs grinste und hob sein Messer. »Komm, Kleine«, sagte er, »lass uns ein bisschen Spaß haben!«
Kyria packte ihr Schwert, trat aber zur Seite, als Flora an ihr vorbeidrängte.
»Überlass ihn mir«, zischt die Wildkatze.
Verzweifelt schaute Kyria sich nach Edelor um, der gerade mit Rufus hinter der Felsnase hervorgekommen war. Sie waren hoffnungslos unterlegen. In wenigen Minuten waren auch die anderen Krieger den Fels heruntergeklettert und würden sich in den Kampf einmischen, und hinter ihnen kam der Rest die Treppe herunter.

Doch gerade, als Flora sich vor dem Fuchs aufbaute, ging ein Ruck durch diesen hindurch, er ließ den Hirschfänger fallen und riss die Pfoten hoch. Er fiel hintenüber, rollte den Geröllhang hinunter und verschwand mit einem erstickten Schrei über dem Sims.

Etwas unterhalb von Kyria, da, wo der untere Teil der Treppe zu sehen war, stand ein grinsender Otter mit einer Armbrust. Direkt hinter ihm erkannte sie Kapitän Tafftau.

»Tafftau und seine Mannschaft sind da!«, schrie sie.

Der Bogenschütze kniete sich hin, zielte und schickte einen Bolzen hinauf zu den Kriegern des Eulenbarons, die aufgereiht auf ihrem Seil an der Felswand hingen. Der Bolzen prallte vom Fels ab; die erschrockenen Tiere versuchten wieder nach oben zu klettern, außerhalb der Reichweite. Einer verlor den Halt und rutschte ab, sodass er nur noch hilflos am Seil baumelte. Wut- und Angstschreie waren zu hören.

Flora lachte. »Sie werden keine Zeit mehr haben, uns zu belästigen«, sagte sie.

Der nächste Bolzen bohrte sich direkt unterhalb der letzten Stufe ins Geröll. Diesmal war ein Seil daran geknüpft. Kyria band es los, ziemlich ungeschickt vor lauter Hast, und befestigte es an einem vorspringenden Felsstück.

»Los!«, rief Edelor. »Rufus, du zuerst, dann Kyria. Flora und ich beschäftigen derweil die anderen.«

»Mit Vergnügen, Edelor«, meinte Flora.

Rufus glitt rasch am Seil hinunter und stellte sich zu den Otter-Matrosen auf dem unteren Treppenteil. Kyria folgte vorsichtiger, Pfote über Pfote, bis sie sicher neben ihm stand.

Ängstlich beobachteten sie, wie Edelor und Flora oben gegen zwei Wiesel kämpften. Flora verpasste dem einen einen Schlag mit der Keule, und es verschwand über den Rand. Edelor rief Flora etwas zu, und die Wildkatze ließ sich am Seil hinunter.

Der Bogenschütze schickte einen weiteren Bolzen los; er flog weit über Floras Kopf hinweg gegen die Felswand, genau hinter dem Wiesel, das noch immer gegen Edelor kämpfte. Das Wiesel erschrak, gab seine Deckung auf, und Kyria sah, wie Edelors Schwert sich in seinen Körper bohrte.

Flora grinste, als sie den unteren Treppenteil erreichte. »Er ist ein prächtiger, kleiner Kämpfer, unser Marder!«, lobte sie.
Endlich konnte auch Edelor sein Schwert in die Scheide stecken und sich am Seil hinunterlassen. Von unten kamen noch mehr Otter herauf, und plötzlich merkte Kyria, wie sie anfing zu zittern, als ihr bewusst wurde, dass die Gefahr vorüber war.
Edelor schüttelte Tafftau herzlich die Pfote.
»Mein Ausguck hat euch entdeckt«, erklärte der Kapitän. »Es sah so aus, als hättet ihr ein paar Probleme, und da dachten wir . . .«
»Vielen Dank!«, sagte Edelor. »Ich habe Euch erst heute Abend zurückerwartet. Aber bestimmt war ich noch nie so froh über ein vorzeitiges Zusammentreffen wie jetzt!«
»Gern geschehen.« Tafftau legte einen Finger an seine Kapitänsmütze. »Die *Flusskönigin* kann ganz schön Tempo machen, wenn sie muss. Und jetzt«, fuhr er fort und schaute die vier der Reihe nach mit einem breiten Lächeln auf dem Gesicht an, »lasst uns wieder an Bord gehen. Ich bin eine Wasserratte und habe genug von diesem Berg.«
»Wir auch!«, seufzte Kyria.

Die Sonne ging unter, als die *Flusskönigin* gemächlich über den Adlersee in Richtung Adlerstrom tuckerte.
Edelor und seine Freunde hatten sich auf dem Achterdeck lang ausgestreckt und sahen den Adlerfels immer kleiner

werden. Auf einem leinenen Tuch waren neben ihnen Speisen und Getränken ausgebreitet, sodass sie essen und gleichzeitig die letzten Sonnenstrahlen genießen konnten.
»Das ist ein Leben«, seufzte Flora und leckte sich die letzten Krumen der Shrimpspastete von den Schnurrhaaren. »Keine Eulen, kein lästiges Gesindel und zu essen, so viel wir können!«
Kyria lachte. »Du würdest dich doch langweilen, wenn du niemanden hättest, gegen den du kämpfen könntest.«
Edelor rückte näher an Rufus heran und sagte leise: »Ich habe mich noch nicht bedankt für das, was du im Horst für mich getan hast.«
Rufus warf ihm nur einen kurzen Blick zu und wandte sich dann verlegen ab, ohne etwas zu erwidern.
»Du hast uns mit dem Adlerstein alle gerettet«, fuhr Edelor fort. »Und du hast dein Leben riskiert, um mich zu retten. Dabei musstest du davon ausgehen, dass ich dich umbringe.«
»Nein, das hättest du nie getan«, widersprach Rufus. »Das könntest du nicht.«
Da Edelor sah, wie erregt er war, gab er es auf, ihm zu danken. Stattdessen sagte er: »Zumindest eines haben wir gelernt: Wir sind den Kräften des Eulenbarons nicht hilflos ausgeliefert.«
»Und wir haben das Horn wieder«, sagte Rufus, sichtlich erleichtert, über etwas anderes reden zu können. »Und den Adlerstein haben wir auch.«
»Aber der Eulenbaron sitzt auf dem Smaragdthron. Und er

hat die Hoheitszeichen des Großkönigs«, erinnerte Edelor ihn. »Wenn wir ihn nicht im Quellenland haben wollen, müssen wir uns noch ein bisschen anstrengen.« Er seufzte. »Wenn wir doch nur den Erben des Großkönigs finden könnten!«

»Eines Tages werden wir ihn finden«, versicherte Rufus.

Edelor konnte sich nicht vorstellen, woher das Eichhörnchen seine Zuversicht hatte. »Dann hoffe ich nur, dass es bald ist«, meinte er.

»Eines wüsste ich zu gern«, sagte Kyria. »Woher hat der Eulenbaron all sein Wissen? Er *wusste*, dass er in der unterirdischen Kammer etwas finden würde. Er wusste von dem Adlerstein. Und er muss Konrad ausgeschickt haben, um uns zum Adlerfels zu führen. Warum? Wozu das alles? Weshalb sind wir so wichtig?«

Edelor runzelte die Stirn. Er wollte nicht über die Antworten auf Kyrias Fragen nachdenken, vor allem nicht über die letzte. Aber er wusste, dass es richtig war, dass sie die Fragen stellte. Bis jetzt war ihnen der Eulenbaron immer einen Schritt voraus gewesen. Wenn sie ihn je schlagen wollten, mussten sie einen Zug machen, den er nicht erwartete.

»Sobald wir nach Hause kommen, müssen wir wieder eine Versammlung abhalten. Die Tiere aus anderen Dörfern dazu einladen. Versuchen einen Plan zu erstellen, der –«

»Edelor!«, unterbrach ihn Kyria. »Sieh doch!«

Edelor schaute nach oben. Von Osten kam ein Vogel geflogen, schnell wie der Wind. Er wurde rasch größer, und

Edelor erkannte einen Falken, der hinunterschoss und sich als Herr von Wanderfalk herausstellte. Er krallte sich an der Reling fest und schlug ärgerlich mit den Flügeln.

»Wo seid ihr gewesen?«, fragte er barsch. »Ich suche euch auf dem Weg zum Eulensee – und finde euch hier, wie ihr faul herumliegt und euch voll stopft, während das Quellenland in Ketten liegt!«

Flora zuckte mit den Schnurrhaaren. »Beruhige dich, Falky«, sagte sie. »Und nimm dir ein Stück von der Shrimpspastete.«

Edelor musste lächeln. Weder er noch sonst ein Tier außer Flora würde es wagen, Herrn von Wanderfalk »Falky« zu nennen. Der Falke machte ein beleidigtes Gesicht, nahm aber das Stück Pastete, das Flora ihm hinhielt.

»Ich bringe Neuigkeiten«, verkündete er.

Kyria setzte sich auf. »Was für Neuigkeiten?«

»Diese.« Der Falke biss ein großes Stück von der Shrimpspastete ab und schluckte es hinunter, bevor er weitersprach. »Auf der Suche nach dem Eulenbaron und seinem Gefolge bin ich kreuz und quer übers Land geflogen. Ich habe sogar die Grenze überquert und bin den Dern entlang nach Hochfurt gereist.« Wieder machte er eine Pause und ließ den Blick über Edelor und die anderen gleiten. »Dort sammelt sich eine Armee. Banditen wie die, welche nach Kreuzwasser gekommen sind, nur viel, viel mehr. Sie machen sich bereit, um im Quellenland einzumarschieren.«